AF301243

Tucholsky Wagner Zola Scott Sydow Freud Schlegel
Turgenev Fonatne Wallace
Twain Walther von der Vogelweide Fouqué Friedrich II. von Preußen
Weber Freiligrath Frey
Fechner Fichte Weiße Rose von Fallersleben Kant Ernst Frommel
Richthofen
Engels Fielding Hölderlin
Fehrs Faber Flaubert Eichendorff Tacitus Dumas
Eliasberg Ebner Eschenbach
Feuerbach Maximilian I. von Habsburg Fock Zweig Vergil
Ewald Eliot
Goethe Elisabeth von Österreich London
Mendelssohn Balzac Shakespeare Dostojewski Ganghofer
Lichtenberg Rathenau Doyle Gjellerup
Trackl Stevenson Tolstoi Hambruch
Mommsen Lenz Droste-Hülshoff
Thoma Hanrieder
Dach von Arnim Hägele Hauff Humboldt
Verne
Reuter Hagen Hauptmann Gautier
Karrillon Rousseau
Garschin Defoe Baudelaire
Damaschke Hebbel
Descartes Hegel Kussmaul Herder
Wolfram von Eschenbach Dickens Schopenhauer Rilke George
Bronner Darwin Melville Grimm Jerome
Campe Horváth Aristoteles Bebel Proust
Voltaire Federer
Bismarck Vigny Barlach Herodot
Gengenbach Heine
Storm Casanova Tersteegen Grillparzer Georgy
Gilm
Chamberlain Lessing Langbein Gryphius
Brentano Lafontaine
Claudius Schiller Kralik Iffland Sokrates
Strachwitz Bellamy Schilling
Katharina II. von Rußland Gerstäcker Raabe Gibbon Tschechow
Löns Hesse Hoffmann Gogol Wilde Vulpius
Gleim
Luther Heym Hofmannsthal Morgenstern
Klee Hölty Goedicke
Roth Heyse Klopstock Kleist
Luxemburg Puschkin Homer Mörike Musil
Machiavelli La Roche Horaz
Navarra Aurel Musset Kierkegaard Kraft Kraus
Lamprecht Kind Kirchhoff Hugo Moltke
Nestroy Marie de France
Laotse Ipsen Liebknecht
Nietzsche Nansen Ringelnatz
Marx Lassalle Gorki Klett Leibniz
von Ossietzky
May vom Stein Lawrence Irving
Petalozzi Knigge
Platon Kafka
Pückler Michelangelo Kock
Sachs Poe Liebermann
de Sade Praetorius Mistral Zetkin Korolenko

Der Verlag tredition aus Hamburg veröffentlicht in der Reihe **TREDITION CLASSICS** Werke aus mehr als zwei Jahrtausenden. Diese waren zu einem Großteil vergriffen oder nur noch antiquarisch erhältlich.

Symbolfigur für **TREDITION CLASSICS** ist Johannes Gutenberg (1400 — 1468), der Erfinder des Buchdrucks mit Metalllettern und der Druckerpresse.

Mit der Buchreihe **TREDITION CLASSICS** verfolgt tredition das Ziel, tausende Klassiker der Weltliteratur verschiedener Sprachen wieder als gedruckte Bücher aufzulegen – und das weltweit!

Die Buchreihe dient zur Bewahrung der Literatur und Förderung der Kultur. Sie trägt so dazu bei, dass viele tausend Werke nicht in Vergessenheit geraten.

Vom alten Proteus

Eine Hochsommergeschichte

Wilhelm Raabe

Impressum

Autor: Wilhelm Raabe
Umschlagkonzept: toepferschumann, Berlin

Verlag: tredition GmbH, Hamburg
ISBN: 978-3-8424-1073-2
Printed in Germany

Erstes Kapitel

Wie machen wir's nun, um *unserm* Leser recht glaubwürdig zu erscheinen?

Da liegt die Studierstube des Philosophen, die Kinderstube des Dichters, das Schloß des Königs. Daran grenzt die Gasse, der Markt oder der Garten. Dahinter dehnt sich die Stadt oder der Stadtpark aus. Es folgen einzelne Häuser: in dem einen prügelt ein Mann seine Frau; doch ein Haus weiter stirbt eine Frau, und der Mann hat sich in Verzweiflung über das Bett seines Weibes geworfen. Es folgt das Feld – ein Wald – eine Eisenbahnline – eine Landstraße, auf der ein einsamer Hund trabt, der seinen Herrn verloren hat. Wieder Felder und Dörfer – das Meer – die Insel – die Gegend, die im Sonnenschein liegt, und jene, über welche der Regensturm fährt. Nächtliches Urwalddickicht mit einer Mohrenschlacht bei Fackelbeleuchtung. Ein Sumpf im haushohen Schilf und eine trinkende Elefantenherde – die Wüste – wieder die See und so weiter, so weiter – rundum! Eisenbahnstation X. X. »Ein Billet nach Hause!« Das Schloß des Königs, die Kinderstube des Poeten, die Studierstube des Weltweisen und drin – ein Mann, der da denkt, seine Welt sei die Welt, der da meint, seine Erlebnisse, Gefühle, Hoffnungen, Pläne, Vorsätze für –

Nein, es geht wirklich und wahrhaftig so nicht! Versuchen wir es auf eine andere Weise. – –

Das ist Athen! Athen, wie es vielleicht in Sebastian Münsters Chronik aussehen könnte. Da fließt der Ilissus, dort der Kephissus; dort erhebt sich die Akropolis, und König ist – Theseus, der Sohn des Ägeus und der Äthra. Und in vier Tagen ist Neumond, und dann wird Hochzeit gefeiert zu Athen. Hippolyta, die Königin der Amazonen, ist die Braut.

Noch vier Nächte, dann wird man mit allen Kirchenglocken läuten in Athen. Squenz, Schnock, Zettel, Flaut, Schnauz und Schlucker haben schon längst ihre Festtagswämser ausgebürstet und abgeklopft und gehen mit großen Dingen schwanger. Wie werden die Kartaunen von der Burg donnern, wie werden die Hoboen, Zinken, Hörner und Trompeten schmettern und klingen!

A long, a lively flourish! Trumpets, Sennet and Cornets! Und sie kommen in ritterlichen Baretts, das Schwert an der Seite – sie kommen in steifen Halskrausen, im Reifrock der Königin Elisabeth; – sie kommen aber auch auf dem Mondenstrahl, auf dem Westwinde reitend – sie wachen auf in den Glockenblumen im Walde, sie gleiten um Mitternacht hernieder vom Baum an dem Faden, an dem die grüne Raupe am Mittag sich niederließ.

»Ohne die Mendelssohnsche Musik wäre das verrückte Zeug heute doch nicht mehr auszuhalten,« sagt das Publikum, das heißt fünf Sechstel des Publikums, und sie haben sich noch eine schöne Redensart dafür und für sonst dergleichen Kunstgenüsse zurecht gemacht.

»Auf den Zopf beißen wir nicht mehr an!« sagen sie, und nachher – frage dann mal einer:

»Sollte es so gehen; oder müssen wir es auf eine dritte Art versuchen?«

Nun, da und dort unter der Menge sitzt doch einer oder eine (manchmal sogar ein alter Herr, eine alte Frau, eine alte Jungfer!), die haben sich mit einem Male, ohne selber zu wissen, wie's zuging, mit Lysander und Hermia, mit Demetrius und Helena im Walde vor dem Tor von Athen verloren.

» *Es geht doch so!*« – Die Gaslichter erbleichen, es weht ein kühler Mondscheinhauch her, der Tau blitzt auf dem Grase, und seltsame Funken schwirren durch die Luft. Der Mendelssohn ist auch schuld daran, aber doch nicht allein; es ist noch eine Musik, mit welcher Blech, Schafdärme und Geigenholz nichts zu schaffen haben – hörst du sie, liebe Kleine, dort oben auf der dritten Galerie? – –

An den Stamm einer Buche gelehnt, sieht ein Mann in seltsam edlem Faltengewande und blickt lächelnd verständnisvoll in den Feentanz von Windsorforst. Es ist einer der letzten Stämme des Waldes, auf den er die Hand stützt; man sieht weit hinaus über die blaunebelige Mondscheinwiese, wenn man sich wendet. Und der Mann im Chiton und Himation wendet sich und winkt schalkhaft zurück und schreitet über die Wiese – des Philippos Sohn Aristophanes. Den Piräus sieht man nicht; aber die weiße Burg von Athen leuchtet aus der Ferne, und Zettel hat das Wort:

»Wenn Sie dächten, ich käme hierher als ein Löwe, so dauerte mich nur meine Haut. Nein, ich bin nichts dergleichen; ich bin ein Mensch wie andere auch; – und dann laßt ihn nur seinen Namen nennen und ihnen rund heraussagen, daß er Schnock, der Schreiner, ist.«

Wirklich und wahrhaftig, es geht! –

O, man muß nur bei gescheiten Leuten anfragen, um zu erfahren, wie etwas zu machen sei!

*

In einem großen Walde hatte sich in Tagen, die der Leser sich nach Belieben nahe oder fern denken kann, ein Einsiedler niedergelassen und festgesetzt. Keiner von der Sorte, die in den Geschichten vorkommt, über welche Jean de Lafontaine sein *Tirée de l'Arioste*, sein *Nouvelle tirée des cent nouvelles*, sein *Tirée des contes de la reine de Navarre* oder gar *Tirée de Boccace* schrieb, sondern ein braver, ein wirklicher, ein ordentlicher – kurz ein Einsiedler von jener geistigen Reinlichkeit und Reinheit, die unsere Frauen, Tanten und Kinder unbedingt von ihm erwarten, wenn er in ihren Romanen und Bilderfibeln auftritt. Wie es mit seiner körperlichen Reinlichkeit beschaffen war, bleibe einer späteren Erörterung vorbehalten; ein braves deutsches Herz und Weib sieht seinen Einsiedlern da gottlob schon etwas nach und läßt einen wohlmeinenden Autor nicht mit seinem Eremiten stehen, nachdem es ihnen den Rücken gewendet hat. Dagegen aber stellt es auf der Stelle die Frage:

»Ja, aber lieber Gott, wie kommt denn der Mann dazu, ein Eremit zu werden und eine Einsiedelei zu stiften? Weshalb heiratete er nicht und gründete einen Hausstand?«

Worauf der Autor seinem Klausner, seinem Waldbruder, seinem Einödler zärtlich auf die Schulter klopft, ihn einen Schritt weiter vorführt und antwortet:

»*Liebe Seele, das ist ja gerade die Geschichte!*«

Und nun, wenn jemand es besser versteht, auf deutsch ein Ding am rechten Zipfel anzufassen, so tue er's: ich kann's nicht besser. – In einem großen Walde also, nicht allzufern von einer großen Stadt, wohnte ein sonderbarer Mensch, von dem so ziemlich die ganze

Stadt gehört hatte, wenngleich nur wenige ihn persönlich kannten. Wie alle in germanischen Historien auftretende Einsiedler, trug dieser Waldbruder natürlich einen langen, ehrwürdigen, grauen Bart und eine ebenfalls lange, ehrwürdige, graue Kutte, die er mit einem Strick, weniger der Eleganz als der Bequemlichkeit wegen, um die Hüften zusammenzog und hielt.

»Der Mensch muß vor allen Dingen den Magen warm halten, vorzüglich bei einer Kost wie die meinige,« pflegte er zu sagen, und im Winter kleidete er sich aus ähnlichen Gründen wärmer, das heißt, er richtete sich nach seinem Wetterglase und zog zwei, drei, ja vier Kutten übereinander und setzte eine Pelzmütze auf. Dann glich er dem Weihnachtsmann wie ein Ei dem anderen und konnte in jeder Kinderstube als solcher auftreten. Ohne ihm schmeicheln zu wollen, mit seinem Sack auf der Schulter und seinem langen, ehrwürdigen Stabe in der Hand genügte er für die Festtagswundergefühle von groß und klein; und wer ihm im Walde begegnete, sprach noch lange Zeit nachher zu Hause von ihm und meistens gut. Nur die wenigsten hielten ihn für einen neuverkleideten Kinderfänger von Hameln oder sonstigen Seelenkäufer oder Verkäufer.

Mit einer Gelassenheit, die an Stupidität grenzte, nahm er jeden Tag, jedes Wetter und jeden Menschen hin. Sein Name war Konstantius; ob er aber einmal anders geheißen hatte, werden wir später erfahren. Daß man jetzt alles auf einmal wissen will, treibt uns keinen Zoll breit Weges vorwärts, und wir haben uns fest vorgenommen, uns in diesem Falle gleichfalls Konstantius zu nennen und eine an die Gelassenheit unseres Helden erinnernde Stupidität zu entwickeln. Nachdem wir dieses festgestellt haben, stellen wir ihn, unsern Bruder im Leiden dieser Welt, beiseite, nachdem wir ihn eingeführt haben, und sagen ein weniges mehr von der Stadt, deren Türme von den letzten Bäumen seines Waldes aus zu erblicken waren.

Was nun diese Stadt anbetrifft, so war sie voll von allerlei Volk, vom König abwärts bis zum Bettelmann und von der Königin bis zu der Bettlerin. Schlösser, Kirchen, Museen, Spitäler, Gefängnisse, Schulen, Häuser, Hütten, Dachkammern und Kellerwohnungen mangelten ihr nicht. Die höchste derzeitige Bildung und die tiefste allzeitige Unbildung waren in ihr vertreten; ebenso die höchste derzeitige Eleganz und Reinlichkeit und die tiefste allzeitige Versunkenheit im und Unabgelöstheit vom Erdenstoff. Leben und Tod wechselten in ihr, und wie überall und immer wollte niemand in ihr beim Pech und Unglück des Nachbars an das alte *mea agitur fabula*, »ganz meine Geschichte!« glauben. Aber ein jeglicher suchte im eigenen Elend nach althergebrachter Weise nach Trost und Beruhigung und zwar seltener bei sich selber als bei den anderen; und wie gewöhnlich war dann der Trost auch danach.

War der Mensch gesund und vergnügt, so sagte er:

»Es ist doch die beste Welt.«

Begegnete seinem Bekannten und guten Freunde eine Unannehmlichkeit, so tröstete er sich mit den Worten:

»Es ist eben eine kuriose Welt; und wir haben sie nicht gemacht.«

Geriet er selber in Verdruß, so fand er ein *tertium comparationis*, das freilich sehr ins Aschgraue oder gar Schwarze spielte. Eine Lieblingsredensart von ihm war in diesen Fällen:

»Das kann doch nur mir passieren.«

Daß er sich dabei ungemein überhob und viel zu viel Wert auf sich selber legte, merkte er durchaus nicht. Derer, die sich mit Humor kaput gehen sahen und ließen, waren wenige und im Grunde die einzigen, welche nicht in die allgemeine große Familie paßten.

»In welche allgemeine große Familie?«

Die der Piepenschnieder, schöne und gute Frau! Wer sucht nicht hineinzukommen, und wenn er hineinheiraten müßte?! – –

Es will alles in dieser Welt nach seiner Natur behandelt werden; das Feuer im Ofen und das Wasser, wie es den Berg hinunterläuft. Wer sich hierauf versieht, der versieht sich auch darauf, mit Menschen umzugehen, und verdirbt sich nur selten durch Hast und Ungeduld sein Spiel. Hier fassen wir die praktischen Leute, die wirklichen Philosophen in der Stadt, die sich jedoch für den zweiten Titel recht höflich bedankten und ihn kurz von sich wiesen. Diejenigen Leute, welche ihre Betrachtungen über solche Dinge zu Papier brachten, nannten sich dagegen selber Philosophen und hatten ihr Behagen an der Bezeichnung: es war sehr häufig das einzige Behagen, das sie für ihre Bemühungen hinnahmen. Wenn es ihnen gelang, eine bestimmte Reihenfolge und Ordnung in ihren Observationen innezuhalten, so nannte man das ein System, und dann kam es vor allem darauf an, ob das Buch einen Verleger und das System Anhänger und Schüler fand. Unterdessen wechselte, wie gesagt, Geburt und Tod, und schickte oder lief der Mensch nach dem Tischler, um eine Wiege oder einen Sarg zu bestellen: Beides sehr unphilosophisch, das heißt in erklecklicher Aufregung mit beschleunigtem Pulsschlag und keuchendem Atem. Es gab freilich Piepenschnieder, philosophische und unphilosophische, die nichts aus der Fassung brachte, was selbst ihre nächsten Familienmitglieder betraf. Leider waren sie die Allerkitzlichsten in allem, was ihre eigene liebe Person anging, und kam hier einmal auch Not an den Mann, so fand die Nachbarschaft allen Grund, zu bemerken:

»Mein Gott, wer schreit denn da so fürchterlich?«

Kam dann die Antwort:

»Wissen Sie's nicht? Es ist ja der Onkel Lump, der mit dem Kopf durch die Decke will!« so pflegte die Nachbarschaft sich gewöhnlich verstohlen die Hände zu reiben und vergnügt vor sich hin zu nicken. Klug jedoch tat sie, wenn sie die Augen offen behielt und auf ihre Türen acht gab, denn es gab Fälle, in denen der gute Onkel es ausgezeichnet verstand, seinen Schaden einem anderen zuzuschieben oder gar ein *damnum commune*, einen allgemeinen Schaden daraus zu machen.

»Er ist doch ein kommuner Kerl!« sagte dann die Stadt; aber nun durfte sich der Onkel die Hände reiben und vergnügt hinnicken, denn es fand sich immer ein Bruchteil der Bevölkerung, der das Wort ins Deutsche übersetzte und ihn einen »gemeinnützigen Bürger« nannte.

Einen solchen Onkel haben wir gekannt, der noch um ein Bedeutendes fester an sich glaubte als seine Kollegen. Er hatte auch etwas gelernt, wußte gut zu reden und trefflich, unübertrefflich sich selber zu erklären und auf seine Bedeutung hinzuweisen. Nie hat ein zweiter Märtyrer unserer Bekanntschaft in der Melancholie des Verkanntseins gleich tonlos geschwelgt. Seine Tonlosigkeit können wir nicht wiedergeben; seine Worte aber über sich lauteten ungefähr:

»Ein wackerer Mann ist wie ein Granitblock im Felde – ein Findling, ein geologischer Findling, herabgerollt vom Urgipfel des Urgebirges des Menschtums. Und so findet man ihn auf dem Roggenacker oder zwischen den Zuckerrüben und läßt ihn liegen, bis man ihn durch die Dynamitpatronen des Neides, des Hasses, des Undankes klein kriegt und entfernt. Aber Gott sei Dank, man kriegt ihn nicht immer klein! Wie es um ihn her stäubt, wie die Wirbel sich drehen, was für Staub auf ihn geweht, getrieben und gehäuft wird, er bleibt liegen, und er liegt ruhig und fest. Der Sturm wird ihn von dem Schmutze wieder befreien, und die Sonne wird wieder auf ihn scheinen. Wenn ihn aber der Schlamm der Gewöhnlichkeit einmal ganz begraben sollte, so bleibt er auch unter diesem Schlamm immer derselbige und wartet auf seine Zeit. Hausse und Baisse wechseln auch in diesem Falle, das muß unsereiner wissen; und die Augen, die sich an uns trösten, die Herzen, die sich an uns erheben sollen, werden uns immer im richtigen Moment wieder zu Gesicht und Gefühl bekommen, verlassen Sie sich darauf, liebster Herr!«

Und er hatte recht und sagte wahr bis unter den tiefsten Dreck hinunter: man hat ihn wiedergesehen und sich an ihm erhoben. Er hatte viele, viele, viele erquickt; die einen auf diese Art, die anderen auf jene. Wirklich ergötzt hat er aber vielleicht nur Uns; denn nur wir wußten die breitbäuchige Volltönigkeit in Organ und Ausdruck, mit der er uns bei unserem ersten Zusammentreffen nach seiner Rehabilitierung begönnerte, ganz zu würdigen und in den feinsten Abstimmungen zu genießen. – –

Nun denkt man wohl, weil das beides so wunderhübsch beieinander saß und lag, ich meine der Einsiedler und die Stadt, daß sofort vom ersten Gerücht der Niederlassung des Klausners in der Wildnis an ein reger Verkehr zwischen dem einzelnen und der Vielheit und umgekehrt stattgefunden habe. Dem war aber nicht so; ganz abgesehen davon, daß der Vater Konstantius nicht des geselligen Verkehrs wegen den Wald bezogen hatte. Auch die Stadt kümmerte sich lange Jahre hindurch nicht im geringsten um ihn; zumal da in einem sehr besuchten öffentlichen Garten eine Tuffsteingrotte vorhanden war, in welcher ein automatischer Eremit saß, der ein ziemliches Teil der Bewegungen eines wirklichen ganz vortrefflich vermittelst des Räderwerkes in seinem Innern nachmachte und dem Volke vollständig für seine Bedürfnisse in dieser

Hinsicht genügte. Diejenigen Piepenschnieder, welche das Theater besuchten, hatten überdies noch die Eremiten des Schauspiels und der Oper zur Deckung ihrer Waldeinsamkeitsgelüste, und so war es nichts als ein Zufall, daß ein bedrücktes Menschenkind, mitten im Gassen- und Marktgetümmel den Gedanken fassend, sich zu hängen, sich in die Wildnis verfügte und den Vater Konstantius fand. Dieser, welcher gerade einen neuen Strick zum Gürtel für seine Kutte nötig hatte, nahm dem Lebensmüden den seinigen ab und schickte den Narren so getröstet heim, daß er aus dem Walde auf der Stelle hinging, sich zum zweiten Male verehelichte und zehn Jahre hintereinander jedes Jahr ein Knäblein oder ein Mägdlein und einmal sogar ein Zwillingspaar taufen ließ: letzteres auf die Namen Konstantius und Konstanze. Sein Familienname war auch Piepenschnieder, was einige unserer Leser wahrscheinlich bereits vermutet haben; – wir aber wünschen im Verlaufe dieser Erzählung noch viele in den Stand zu setzen, zu sagen:

»Das haben wir uns doch gleich gedacht!«

Wer den Einsiedler zuerst auffand, wissen wir nunmehr; jetzt handelt es sich darum, wer ihn zuerst entdeckte, und hoffen wir, daß nicht wenige ob des feinen Unterschiedes sich und uns fragend ansehen werden:

»Jetzt soll's mich doch wundern, was da nun wieder herauskommen wird?«

Eine ganz einfache historische Tatsache natürlich.

Der Erste, der den Erdenmüden *entdeckte*, war jemand, der weiter keinen irdischen und himmlischen Trost und Tröster brauchte, als welchen er stets selber bei sich trug in seiner Flasche, in die der Geist freilich weniger durch das Siegel des Ringes Salomonis als durch einen ganz gewöhnlichen Kork verstöpselt und gebannt war. Oppermann war's, ein durchaus nicht gut angeschriebener rotnasiger Forstaufseher und Waldläufer, der denn auch sofort einen mündlichen Bericht über seine Entdeckung an die vorgesetzte Behörde abstattete.

»Richtet er viel Schaden an, Oppermann?« fragte die vorgesetzte Behörde.

»Bis dato noch nicht, Herr reitender Förster. So viel Vernunft hat er doch in sich behalten, daß er sich nicht in die jungen Schonungen hineingesetzt hat. Ne, er hat seine Hütte auf einem Platz in einem Talwinkel aufgeschlagen, allwo ich kaum einen Fuchs- oder Dachsbau vermuten durfte, und allwo ich zum allerersten Mal in meinem Leben den Fuß hingesetzt habe, Herr reitender Förster.«

Hierauf hatte der Herr reitende Förster kopfschüttelnd sich fester im Sattel auf seinem Dreibein vor dem Schreibtische gesetzt und einen schriftlichen Bericht bei seiner vorgesetzten Behörde eingereicht.

»Es hat sich befunden, daß ein unbekannter Mensch sich, wie protokollarisch festgestellt worden ist usw. usw.«

Kurz, wir wollen das Ding nicht durch den ganzen Instanzengang verfolgen – es sammelte sich ein ziemlicher Aktenstoß über den wunderlichen Fall an. Dieser Aktenstoß verstaubte; ein höheres Reskript, den Squatter auszutreiben, blieb in einem Bureau hängen – blieb da liegen und wurde unter einem anderen Aktenstoß begraben. Oppermann aber sagte:

»Mich soll der Teufel holen, wenn ich da noch mal was anrühre! Der Kerl ist ein Segen in der Einöde. Den Kerl hat mir der liebe Herrgott eigens zum Trost in meiner Verlassenheit in mein Revier geschickt. Endlich doch mal eine anständige, räsonnable Kumpanei in der Wüste! Alle Hagel, da werd' ich's doch schon einzurichten wissen, daß den guten Kameraden selbst eine königliche Jagd in seinem Pläsiervergnügen nicht verstören soll. Na, da kennen sie Oppermann nicht, und wenn sie ihm schon millionenmal mit dem Abschied von wegen seines krankhaften Zustandes, als was sie seine Versoffenheit nennen, gedroht haben. Mit dem Kerl schlafe ich hundert Jahre in einem Bett, ohne ihn rauszuschmeißen. Oppermann ist mein Name, Herr Oberförster, und übrigens –«

Wir folgen auch ihm nicht weiter! Oppermann war jedenfalls der erste, der dann und wann in der Stadt von seiner Bekanntschaft im Walde redete und den Vater Konstantius unbekannterweise, wie er sich ausdrückte, als Zeugen, als Gewährsmann aufrief.

Zweites Kapitel.

Da wir, Gott sei Preis und Dank, nicht zu »denen Gelehrten, welche es nicht können von sich geben,« gehören, so wollen wir nun dem Hüpf-, Brüt- und Lebenspunkt im Ei dieser Historie näher gehen. Dieses machen wir so, liebe Gevattern, daß wir uns aus allem Volk ein Pärlein – ein Männlein und ein Fräulein selbstverständlich – auslesen, der Jungfrau den rechten Arm, dem Jüngling den linken bieten und sie über die Planke an Bord unserer, das heißt ihrer Arche führen. Von einer Sintflut, die den Rest verschlingt, kann und wird übrigens nicht die Rede sein. Die ganze Menschheit ist ja mit allem Eifer bei Tag und Nacht beim Kiellegen oder Bewimpeln ihrer Rettungsschiffe; und wir lassen jedermann sein Fahrzeug nach seinem Geschmack und Verständnis zimmern und ausstatten. Was unsern eigenen Kahn anbetrifft, so sind wir eben im Begriff, denselben von neuem so gut als möglich seetüchtig zu machen. Nach mehr als einer tollen Fahrt rund um die Welt hat er's sehr nötig, einmal von Grund aus verpicht zu werden, und das dazu nötige Pech ist auch vorhanden. – Über die wilden Wasser des Lebens in verhältnismäßiger Sicherheit zu fahren, wird dem Menschen nicht so leicht gemacht, als er es sich in seinen jungen Tagen vorstellt.

Und so erfuhren das Hilarion und Ernesta und zwar leider nicht bloß zu ihrer Verwunderung.

Hilarion und Ernesta hießen nämlich die beiden guten Kinder, die in einer holden Mondscheinnacht, wie sich das von selbst versieht, über den Namen ihrer Rettungsbarke sich klar geworden waren. Er aus der auch weit verbreiteten Familie Abwarter, sie eine Piepenschnieder, überboten einander in jener süßen Nacht an lieblichen Vorschlägen.

Er schlug vor: »Der Himmel auf Erden.«

Sie (naiv): »Die gute Hoffnung.«

Er: »Die ewige Treue.«

Sie: »Das holde Glück.«

Er hielt das Kürzeste für das Passendste und schlug vor: »Die Liebe.«

Sie gab nach und flüsterte: »Ja!« fügte jedoch nach einer langen, atemlosen Pause hinzu: »Bis übers Grab!«

Und dabei blieb es, was den Namen anbetrifft. In einem neuen langen, langen Kusse durch den Zaun und vermittelst vier im Mondlicht flimmernder Wonnetränen wurde die Taufe vollzogen; die Arche hieß: »Liebe bis übers Grab«.

In der Tat eine recht wohlklingende Devise für den heimtückischen Weltozean: vorausgesetzt, daß es nicht einmal in einem Seeberichte hieß:

»Schiff ›Liebe bis übers Grab‹, Kapitän Hymen, in Ladung mit Pottasche vom Anfang der Welt nach Havre de Grace; leck, mastenlos angesprochen bei Kap Finisterrae; gesunken usw. usw. usw.!«

Denken wir nicht daran! Malen wir es uns beileibe nicht aus! Weshalb auch wollten wir uns das so sehr Unwahrscheinliche vor die Phantasie rücken?

Auf die Mondscheinnacht folgte im natürlichen Laufe der Zeit ein Morgen, auf diesen ein zweiter und so fort. Und dann gab es eines Tages einen Auflauf auf der Werft ob des neuen Bauunternehmens, und die Leute liefen zusammen: die einen, um ihren Beifall, die anderen, um ihre Mißbilligung auszusprechen. Alle aber sagten:

»Nein, so was!«

Die Eltern Ernestas jedoch sagten noch einiges mehr, und bei der nächsten verstohlenen Zusammenkunft der beiden jungen Liebenden flüsterte die junge Dame:

»O Gott, Hilarion, ich habe so viel Verdruß um unsere Liebe, daß ich es gar nicht ausdrücken kann. Seit sie dahinter gekommen sind, bin ich wie verraten und verkauft. Du machst dir keinen Begriff davon, wie sein sie sind, um mich elend zu machen. O, bitte, bitte, tue es nicht wieder, sieh nicht wieder mit dem Opernglase nach unserer Loge wie neulich in Romeo und Julie! Gegen das, was ich nachher im Wagen beim Nachhausefahren von Mama anzuhören hatte, und meine Gefühle dabei, war das ganze Trauerspiel nichts, nichts, gar nichts! Und was Papa bemerkte, das war aus dem Leben gegriffen, und der alte Capulet hätte sich dreist ihn zum Muster nehmen können seiner unglücklichen Tochter gegenüber. O Hilarion, ich bin unglücklich, und was daraus werden soll, weiß ich nicht, und wenn du mich totküßtest! Bitte, laß es jetzt einmal und gib mir einen vernünftigen Rat.«

Das war viel verlangt; aber der junge Schiffsbauer machte wenigstens den Versuch:

»Hast du nicht mich, mein Herz, und habe ich nicht dich, du Süße, Süße? Was will die ganze übrige Welt uns anhaben?«

Ernesta trug ihren Namen nicht umsonst; – sie konnte sich leider nicht sanft aus den Armen des Geliebten losmachen: aber sie sagte, indem sie ihm durch das zierliche, wenn auch solide eiserne Gartengitter die Hand leicht und doch fest auf das Herz, das heißt auf die in der Brusttasche über demselben ruhende Zigarrentasche legte:

»Leider Gottes, sehr viel! Sie kennt deine Umstände nur zu genau und sagt mir über deinen Charakter Sachen, die ich gottlob für unwahr halte, an denen ich aber sterben würde, wenn sie wahr wären.«

»Nun, das muß ich sagen!« rief der Geliebte. »Kind, ich versichere –«

»O, tue das nicht! Sieh, ich weiß ja, daß sie lügen, und ich weiß auch, aus welchen Gründen, und wenn sie auch stets behaupten, daß es nur geschehe, weil sie es wohl mit mir meinen –«

»Der Teufel soll sie holen! Alle miteinander! Ernesta, liebe, liebe Ernesta, meinen Charakter, mein Herz kennst ja nur du allein! Herrgott, ich bin ein guter Mensch, aber in diesem Augenblick und nach dem, was du mir da eben mitteilst, möchte ich doch am liebsten dem Universum den Schädel einschlagen!«

»Mir dann mit? Mir auch?« flüsterte die Geliebte. »O, bitte, bitte, tue es nicht. Ich weiß ja, daß sie die Unwahrheit sagen, und daß der Onkel –«

»Puh, der Onkel!« ächzte der Geliebte unter dem so plötzlich auf ihn gehäuften Gebirge der Verleumdung hervor und schloß, mühsam nach Luft ringend, ohne irgendwie abzuschließen, »der Onkel, der Onkel! Puh, der Onkel Pü-terich! – U–h!« – –

Dem jungen Manne gingen tausend unheimliche Bilder durch den Kopf, und alle betrafen das Faktum, daß die Hinterfenster des alten Barons auf seine – Hilarions – Vorderfenster blickten und daß der würdige alte Herr wahrscheinlich nicht selten aus seinem Kammerfenster sah.

»Ja, ja,« schluchzte Ernesta, »er hat den Eltern kurzweg erklärt, daß er, wenn ich nicht, wie sie ihm versprochen hätten, seinem guten Freunde Magerstedt meine Hand geben würde, seinem Testament ein Ko– Ko–Ko– wie nennt ihr Juristen das doch? In den Lustspielen kommt es öfters vor, und man lacht darüber; aber im Leben soll es etwas Entsetzliches sein!« »Ein Kodizill will er seinem Testament anhängen, wenn du seinen guten Freund Magerstedt nicht heiratest?« stammelte Hilarion. »Uh, die beiden alten verhuzzelten, nichtsnutzigen Uhus! Mädchen, daß der Weg zu dir nur über meine Leiche geht, weißt du; aber dem Herrn von Magerstedt breche ich selbst als Leiche noch den Hals. Den werde ich zum Stolpern bringen! Und – Ernesta, Ernesta, was des Onkels Testament anbetrifft, so habe ich da meine ganz eigenen Ansichten. Wenn man mir nur Glauben schenken würde, wenn ich nur die Beweise beibringen könnte, daß dem ein Kodizill weder auf- noch niederhilft, so würde ich heute abend noch – jetzt auf der Stelle mit deinem Papa und deiner Mama reden, um den bodenlosen alten Heuchler zu entlarven. Aber sie glauben, sie glauben mir ja nicht!«

»Und außerdem ist dir ja unser Haus von jetzt an auf ewige Zeiten verboten!« schluchzte Ernesta. »Sie stecken mich in ein Kloster, sie machen mich zur barmherzigen Schwester, sie schicken mich zurück nach Lausanne zur Madame Septchaines und lassen mich noch mal drei Jahre lang dort erziehen. Sie haben es mir fest und heilig versprochen, daß sie noch viel gräßlichere Pläne mit mir im Sinne haben, wenn ich dich noch ein einziges Mal sehen würde. O Gott, o Gott, was soll ich tun? Sage es mir doch nur, was ich tun und was ich lassen soll!«

In diesem Moment rief man vom Hause her:

»Ernesta! Ernesta, wo steckst du?«

Und auf der einen Seite fuhr die junge Dame, auf der anderen der junge Mann von dem Gitterwerk zurück.

»Hier, Mama!« flötete die Geliebte, echt weiblich merkwürdig geschickt gleich den unbefangensten Ton findend.

»Ich erdrossele den Onkel Püterich!« ächzte Hilarion, den leichten Strohhut vom Kopfe stoßend, als er sich verzweiflungsvoll und ratlos in den jugendlich lockigen Haarwuchs griff. Ganz mechanisch brannte er wohl eine Zigarre aus dem Besteck, auf dem vorhin die Hand der Geliebten ruhte, an, aber sie ging ihm wieder aus. Sie schien so wenig Luft zu haben wie er selber, und noch nie war ihm ein lauer Sommerabend so schwül vorgekommen, und ein Glück war's nur, daß ihm des alten Barons guter alter Freund Magerstedt nicht auf seinem Wege begegnete. Eine Szene auf öffentlicher Promenade hat ihre Unannehmlichkeiten für alle Beteiligten außer den Zuschauern, und auch die werden nicht selten nachher als Zeugen vom Gericht vorgeladen.

Drittes Kapitel.

Wo steckst du, Ernesta?«

Tief, tief im Jammer der Welt und zwar mit ihrem Verlobten, wie sie meinte; und wir wenden uns jetzt zu dem Onkel Püterich und erfahren, worin er eigentlich steckte.

Ohne Zweifel in seiner Haut; aber wenn man die dreist eine alte nennen durfte, so war man leider nicht in demselbigen Maße berechtigt, sie als eine gute zu bezeichnen.

Ihn eine alte gute Haut zu nennen, wäre das Non plus ultra phantastisch übertreibenden Wohlwollens gewesen. Es fiel dieses der Menschheit aber auch gar nicht ein; ebensowenig, wie sie ihm aufs Wort glaubte, daß er nur deshalb so eilig seine Nichte mit seinem Freunde verheiraten wolle, weil er das brennendste Bedürfnis fühle, zwei Menschen so schnell als möglich so glücklich als möglich zu machen.

Und doch war dem so! Und der erste der beiden war er selber (daß er dann noch einmal kam und also im Grunde auch der zweite war, rechnen wir nicht); der andere war freilich sein Freund, der Herr von Magerstedt! Den Letzteren hätte übrigens vielleicht auch die Welt, und wenn nur am Hochzeitstage, einen glücklichen alten Sünder genannt. – –

Ziemlich in der Mitte der Stadt lag ein von den Zeiten angeschmauchtes und benagtes, ein in seiner Würde verwitterndes Patrizierhaus, in welchem Jahrhunderte durch die Püteriche als angesehene Besitzer geschaltet und gewaltet hatten, und in welchem der Onkel Püterich auch heute noch wohnte als der letzte Träger des Familiennamens, wenn auch nicht mehr als freier Eigentümer der anstaunenswerten Gebäudezusammenhäufung, genannt der Püterichshof. Der Onkel wohnte zur Miete drin und sein Freund, der Herr von Magerstedt, auch. Jetzige Besitzerin des »Komplexes« war die große, weit über die Meere berühmte Firma Aldenberger und Kompanie, die nur ein solches oder ähnliches Haus für ihr umfangreiches Speditionsgeschäft gebrauchen konnte, jedoch ihre überzähligen Räumlichkeiten gern an allerlei zahlungsfähiges Volk vermietete und den Onkel, den Freund und sonderbarerweise auch unseren Freund Hilarion dazu rechnete. Der letztere freilich wohnte im Hintergebäude – wie schon bemerkt, mit der Aussicht über den Hof auf die Hinterfenster des Barons, wobei aber als Glücksfall für ihn zu notieren ist, daß die große Firma Altenberger & Co. nichts von dem Genuß ahnte, den ihm diese Aussicht gewährte. Daß sie ihn andernfalls nicht gesteigert hätte, ist nicht anzunehmen.

Das Haus oder die Villa der Eltern der jungen heimtückisch Verlobten lag im Grünen an der äußersten Grenze des elegantesten Teiles der Stadt. Das Gitter, das darum ging, kennen wir bereits; aber auch die Nachtigallen sangen um die Villa her; von fernen Wiesen kam sogar dann und wann ein Heugeruch: der junge nichtswürdige Verlobte nahm von dem Gartengitter stets einen Hauch der Idylle mit nach Hause, und das alles – tut selten viel zur Sache und in vorliegendem Falle gar nichts; wir verfügen uns eben in die Wohnung des Onkels Püterich im weiland Püterichshofe. Heu wird da zwar auch gemacht, aber wahrlich nicht bloß, um es zu riechen!

Es war am Nachmittag, und die Sonne lag auf den Fenstern, doch der alte Baron hatte die Gardinen niedergelassen. Aus den Gassen tönte das mannigfaltige Geräusch des geschäftigen Menschengetriebes in das weite, bis zu halber Mannshöhe mit altersschwarzem Eichenholz getäfelte Zimmer, welchem dann eine alte schwarzblaue Ledertapete auch weiter keine Heiterkeit verlieh, was dagegen nach Kräften eine wunderliche Bildergalerie farbiger Kupferstiche des 18. Jahrhunderts (gerade nicht von der dezentesten Art) tat. Der sonstige Hausrat stammte wohl aus dem 19. Säkulo, jedoch sehr aus dem Anfang desselben. Er hatte etwas »Griechisches« an sich, so wie das französische Direktorium und noch mehr das französische Kaisertum sich eben dieses »Klassische« dachte.

Etwas Griechisches hatten die beiden würdigen Herren, die da mit einem Schachbrett zwischen sich und ihre Schnupftabaksdosen neben sich an dem Tischchen mit den drei geschweiften Bocksbeinen und Löwentatzen saßen, nicht an sich; aber Klassiker in ihrer Art waren sie. Sokrates, Plato, Aristoteles und Perikles hätten ihnen darin kaum einen Bauer, geschweige denn einen Turm vorgeben dürfen.

Wenn der Onkel Püterich einen grünen Pappschirm über den Augen trug, so geschah das nur, weil er als antiker abgefeimtester Weltweiser zu scharf sah; und wenn der Herr von Magerstedt, sein Freund, in einem trotz der Hundstage sehr dick gefütterten Schlafrock die Treppe zu seinem Freunde emporgestiegen war, so hatte das seinen Grund einfach darin, daß er so viel als möglich von den Trümmern einer alkibiadeischen Welt von liebenswürdigster Persönlichkeit für eine junge Frau zu konservieren wünschte. Zu präsumieren ist, daß Alkibiades in seinem – des Herrn von Magerstedts – Alter und mit den Rheumatismen desselben behaftet auch wohl einen flanellgefütterten Schlafrock getragen haben würde.

»Schach!«

»Hm, die Geschichte sieht übel für mich,« sagte der Baron verdrießlich. »Aber ein kluger Mann findet immer noch Rat. Da! – jetzt wahre dich, *mon cher*.«

»Noch einmal Schach, mein Bester!«

»Hm, hm!«

»Ich glaube, mein Bester, ich darf matt hinzufügen; aber ich lasse dir mit Vergnügen Zeit, auf einen Ausweg zu sinnen.« Er nahm eine Prise, kicherte stillvergnügt und fügte hinzu: »Ich meine, du kennst mich in der Beziehung.«

Der Baron nahm ebenfalls eine Prise, immerfort die Elfenbeinfiguren im Auge behaltend.

»Hm, hm, hm; – ja, ich kenne dich, *mon bon*. Also keine Rettung? Na, übrigens hast du den jetzigen Sieg nur meiner Zerstreutheit zu danken. Hättest du mich vorhin den fatalen Zug mit dem Läufer, wie ich dich bat, zurücknehmen lassen, so –«

»So hätte ich eine größere Dummheit begangen als du. Alter Freund, ich glaube, wir sind beide in der Lebenskunst so weit fortgeschritten, daß wir niemanden eine Sottise revozieren oder redressieren lassen, wenn sie uns von Nutzen ist. Was ich nicht glaube, ist, daß du dich des Falles erinnerst, in welchem du deinerseits mich einen leichtsinnigen Zug zurücktun ließest. He, Püterich?«

Sie kicherten nun beide und wechselten die Dosen miteinander, das heißt sie boten den Inhalt derselben einander an. Obwohl sie

Gastfreunde waren, wußte Glaukos in diesem Falle sich wohl davor zu hüten,

– – – – – – – »daß er ohne Besinnung Gegen den Held Diomedes die Rüstungen, goldne mit ehrnen,

Wechselte, hundert Farren sie wert, neun Farren die andren.«

Der Freund Magerstedt führte nämlich eine goldene Dose, und der Freund Püterich eine silberne, und so dumm wie hundertundneun Ochsen ist doch nicht immer ein Freund. Wie zwischen Gastfreunden, so ist zwischen Schnupfern ein derartiger Tausch ungemein selten. In der Ilias kommt der Fall nur ein einziges Mal vor und in diesem vorliegenden Opus und Epos gar nicht.

Mit voller Besinnung, die freilich von einem anderen Standpunkt aus genommen an das Gegenteil grenzte, fragte jetzt der Herr von Magerstedt:

»Nun, wie ist es?«

»Du meinst eine neue Partie?«

»Nein!« sagte der Freund, alle die das bunte diplomatische und kriegerische Spiel der Menschen bedeutenden Püppchen zusammenschiebend und sie, drei Hände voll, in ihrem Kästchen aufhäufend. »Nein und ja, *mon vieux!* Eine – die neue Partie; – aber nicht auf diesem Brett. Du versiehst mich?«

Der alte Baron verstand ihn auf der Stelle und erwiderte eifrig, hastig stotternd:

»Ja so! O, da sei nur ganz ruhig. Du kriegst sie, und sie nimmt dich. Ich habe dir mein Wort gegeben, und Kavalierparole ist mir immer noch heilig, der erbärmlichen Krämerwelt, in der wir zu leben haben, zum Trotz. Hast du nicht mein Wort, Magerstedt?«

»Jawohl, dein Wort besitze ich, Püterich, aber schon seit längerer Zelt; und jetzt ist wiederum ein Jahr hin, gegangen, ohne daß du es eingelöst hast. Bedenke, Püterich, daß du auch von mir allerlei in Besitz hast – wir wollen mal sagen leihweise. Und bedenke, daß auch das liebe Mädchen, meine gute kleine Ernesta, immer älter wird. Man wird nicht jünger, Püterich! – Püterich, man wird nicht jünger!«

Auf das Wort von dem Älterwerden des lieben Mädchens hatte der Baron den grünen Augenschirm mit einem Ruck in die Höhe geschoben, der alles sagte. Eine geraume Zeit starrte er wortlos den Freund im wattierten Schlafrock an, aber keine Miene, kein Zug in der dürren gelben Visage ihm gegenüber deutete darauf hin, daß der klassische Hüstler einen antiken Scherz mache. Und der Herr von Magerstedt machte auch durchaus keinen Scherz. Es war ihm bitterer Ernst, und dem Onkel Püterich blieb nichts übrig, als noch mehr zu erstaunen und dann zu stottern:

»Das Kind – mei–ne Nichte ist – achtzehn – höchstens neunzehn Jahre!«

»Und wird zwanzig! Bleibt keine achtzehn oder neunzehn!« erwiderte mit wahrhaft ungeheuerlicher, dumpf-nachdrücklicher Überzeugtheit der andere der lichtscheuen Euleriche. »Püterich, man wird nicht jünger! – Man wird nicht jünger, lieber Püterich!« Noch nachdrücklich-dumpfer setzte er dann hinzu: »Auch verleiht man seine Kapitalien und seinen Kredit nicht bloß, um einem alten Freunde einen Gefallen zu tun. Seinen eigenen Kredit wünscht man wenigstens gleichfalls dadurch zu erhöhen, und wenn es auch nur vor dem eigenen guten Herzen wäre.«

Was der Baron von dem Herzen seines Freundes hielt, wollen wir dahingestellt sein lassen. Seit der letztere mit seinen Anspielungen auf Kredit und Kapital herausgerückt war, hatte der Baron ein unruhig Hin- und Herrücken auf seinem Sitze begonnen; jetzt setzte er sich wieder fester, klopfte mit der Dose auf den Tisch und rief:

»Du hast sie innerhalb eines Vierteljahres – *parole d'honneur*! Vor acht Tagen schon habe ich meinen Trumpf ausgespielt und an der betreffenden Stelle die Nadel am kitzlichsten Punkt eingebohrt. Ich habe den guten Eltern unseres lieben Kindes ihren Standpunkt in bezug auf meine Erbschaft klar gemacht –« »He he, he, du Tausendsasa!«

»Lache nicht, Magerstedt. Du hast mir nicht umsonst deinen Kredit geliehen. Papa und Mama haben mit selbst mich überraschender Eile Vernunft angenommen; unserem – unserem jungen Nachbar jenseits des Hofes ist das Haus verboten worden. Morgen ist Sonntag, das Wetterglas steigt immer noch; ohne eine Erkältung fürchten zu dürfen, gehen wir im Frack hin und machen unsere Aufwartung.

Du sollst dir das Jawort der Kleinen holen – das der beiden Alten hast du; und meinetwegen – magst du – am Montag – Hochzeit – halten!«

»Montag wird nicht wochenalt,« kicherte der Herr von Magerstedt, sich die Hände reibend. »Wir werden sehen, wir werden sehen! Aber ein Teufelskerlchen bist du und bleibst du, Püterich. Wir sind beide Teufelskerlchen. Aber siehst du, daß ich mit dem Kredit recht hatte! Wenn ich als dein Freund, dein einziger, wirklicher, wahrer Freund nicht wüßte, was du wert bist, so möchte ich schon aus alter Anhänglichkeit die Gesichter nicht sehen, die dir die Stadt schneiden würde. Da hast du abermals meine Hand darauf, ich werde dich noch höher in der Achtung der Welt steigen lassen. Ich werde noch um ein Bedeutendes von dir besser reden. Dein Kredit – dein Kredit! Deine Erbschaft – deine Erbschaft! Es ist zu himmlisch, zu originell!«

Der Baron hatte wieder wie vorhin keine Ruhe auf seinem Sitze, aber nicht aus innerlichstem Behagen. Er versuchte es zwar, auch in das kreischende Lachen des Freundes einzustimmen, aber es kam blechern, merkwürdig blechern heraus, und er gab's auf und sagte:

»Der größeren Sicherheit und Vorsicht halber werde ich jedoch, wenn du nichts dagegen hast, noch einen Besuch in der Villa machen.«

»Dagegen hast? Nicht das geringste habe ich einzuwenden. Ganz im Gegenteil werde ich dir mit Vergnügen in den Überrock helfen und dir eine Droschke besorgen. Eile, mein Söhnchen! Ich habe ihr das Stübchen nach dem Hofe, wie du weißt, eingerichtet, daß eine Prinzessin drin sich behaglich fühlen müßte. Das Nestchen ist zwar ein wenig dunkel, und die Aussicht geht gerade nicht ins Grüne, allein was braucht sie auch ins Grüne zu gucken. Auf mich soll sie sehen, und sie wird es um so zärtlicher tun, je weniger die Außenwelt sie von ihrer Aufgabe, mich glücklich zu machen, abzieht.«

»Aber die Fenster deines Hinterstübchens korrespondieren mit denen des Assessors!« warf der Baron ein. »Auch der junge Mann gehört zur Außenwelt und in deiner Stelle –«

»Da ich ihn leider nicht in die Unterwelt befördern kann, so habe ich längst mit Aldenberger und Kompanie gesprochen. Er zieht aus, ehe mein süßes junges Weibchen einzieht. Hieltest du mich wirklich für so dumm, Püterich?«

» Jetzt bleibt nichts weiter übrig: ich muß mich zeigen!« sagte das *Gespenst des Hauses.* »Es ist zwar ganz gegen meine Natur, aber es geht nicht anders. Du ersparst mir auch das nicht, Philibert, *und ich werde mich – andeuten!«*

Ein Nagel löste sich plötzlich ohne alle äußere Einwirkung aus der Wand los, und ein Bild – das Brustbild einer vor fünfundzwanzig bis dreißig Jahren in mehr als einer Beziehung berühmten Künstlerin der königlichen Bühne fiel herab. Das Glas zersplitterte, der Rahmen zerbrach und verstreute Wurmmehl über den Boden. Die beiden trefflichen alten Knaben fuhren im jähesten Schrecken in die Höhe.

»Zum Henker, wie kam denn das?« fragte der Baron Philibert Püterich, unter seinem grünen Augenschirm hervor die Trümmer überblinzelnd.

»Ganz natürlich; in einem solchen alten Kasten von Gebäude hält zuletzt nichts mehr!« meckerte der Freund, seinem Nervensystem durch die Nase, das heißt durch eine von uns nicht gezählte Reihenfolge von Prisen zu Hülfe kommend.

Viertes Kapitel

So, was man so nennt – so ganz natürlich war das Ding denn doch nicht zugegangen; wir, der Autor, gehetzt mit allen Hunden der Kultur des neunzehnten Jahrhunderts, wissen das und geben den Nerven der beiden alten Herren recht und nicht dem Fassungsvermögen ihrer logischen Denkfähigkeit; wobei wir uns die Anmerkung gestatten, daß die ersteren immer eine Realität sind, während das letztere dann und wann eine schöne Redensart ist und auch bleibt.

Es war Rosa von Krippens Geist oder Schatten, der seit einem Menschenalter hinter der Tapete im Wohngemache des Barons Püterich im Püterichshofe klebte, und dem der Nagel, welcher das Bild der schönen Sünderin Innocentia an der Wand befestigte, gerade durch das Schattenherz ging. Wie ein aufgespießter Gespensterschmetterling haftete Rosa von Krippens Schemen zwischen der Mauer und dem aufgekleisterten Tapetenleder und hatte alles anzuhören und anzusehen, was in dem Gemache des Barons gesprochen und getan wurde.

Und Rosa war um den Baron am gebrochenen Herzen gestorben und klebte zur Strafe und Sühne dafür hinter der Tapete; und der Nagel, der sie anheftete und zugleich das Bild der schönen bösen Innocentia hielt, hatte auch seine mehr als symbolische Bedeutung. Noch nie, seit es Gespenstergeschichten gibt, war die geistige Quintessenz eines Menschenwesens auf gleiche wirkungsvoll begründete Weise zum Dableiben, Zuhören und Beobachten im Erdentreiben genötigt worden. Noch nie war ein jungfräulich-nervösschüchtern Erdennärrchen in gleicher Art wie hier Fräulein Rosa in die Ecke gestellt worden mit dem uralten Erziehungswort:

»Hier siehst du so lange, bis ich die Überzeugung gewonnen habe, daß du es nicht wieder tun wirst.«

Und länger als dreißig lange Jahre hatte Rosa von Krippen, unbeschreiblich dünn ausgebreitet, hinter der Tapete gehaftet und den Geliebten dreißig Jahre älter werden sehen und Gelegenheit gehabt, während dieser Zeit Dinge von ihm und an ihm zu sehen, von denen sie vor dreißig Jahren – keine Ahnung gehabt hatte! –

Die naturhistorische Gesellschaft sehr platter Tierchen, die mit ihr ihren Aufenthaltsort hinter der Tapete teilte, konnte bei ihren sonstigen Gefühlen nicht im geringsten in Betracht kommen. Was dieser feinfühligen Mädchenseele auferlegt worden war, war etwas; – und ein Jahrhunderte langes »Als-feuriger-Mann-Herumgehen« der Grenzverrücker, der Schätzeverscharrer, der unentdeckten Moritätler war nichts – dagegen! gar nichts!!

Daß ein Mann den Urteils-, oder Bannspruch gesprochen hatte, lag klar am Tage oder vielmehr hinter der Tapete, und daß ein weiblicher Gerichtsbeisitzer bei manchem mündlichen und schriftlichen, öffentlichen und geheimen Rechtsverfahren in weiblichen Angelegenheiten sehr am Platze wäre, liegt uns klar am Tage und der holden, aber, wie wir voraussetzen, augenblicklich höchst entrüsteten Leserin sicherlich auch.

»Bah – am gebrochenen Herzen sterben! Mir sollte einer noch mal damit kommen!« ruft die letztere; unbedingt jedoch das Verdienst eines Mannes – aber eines getreuen Eckarts in diesem Fall – nämlich das Verdienst des Autors ist´s, sie auf die möglichen, ja sogar wahrscheinlichen Folgen aufmerksam gemacht zu haben, was bei einer künftigen neuen Regelung der gesellschaftlichen und sittlichen Verhältnisse zwischen den zwei Geschlechtern auch in Berücksichtigung zu nehmen sein wird.

»So?« fragt die Leserin, und infolge dieses kleinen Fragewörtchens bleibt alles fürs erste (wenigstens im alten Deutschland) beim alten. – –

»Das ist doch ganz kurios!« meinte der Baron, mit dem Nagel und dem Bilde in der Hand. »Ein Erdbeben hat nicht stattgefunden, und wir beide, Magerstedt, haben uns auch nicht außergewöhnlich lebhaft bewegt. War es dir nicht auch, als ob das Porträt wie durch einen Stoß von der Wand geschleudert worden sei?«

»Ich habe nicht darauf acht gegeben,« brummte der andere. »Ich habe jüngere Dinge im Kopfe als die Bilder der Weiber unserer Vergangenheit. Und was diese da im besonderen betrifft, so –«

»So standest du nie mit ihr auf einem besonders guten Fuße!« kicherte der Onkel Püterich. »Gott, wie solch ein Zufall die verflossene Zeit in einem rege machen kann: Innocentia! – ah!«

»Und Rosa – Rosa von Krippen, Püterich?!« schnurrte der Herr von Magerstedt boshaft grämlich. Ei ja, ei ja, es ist eine lang versunkene Welt; aber – gottlob! – wir sind noch vorhanden, und das ist doch die Hauptsache.«

»Freilich – o gewiß!« murmelte der Baron, in ein immer tieferes Nachdenken versinkend.

Der liebenswürdige Freund hielt sich währenddem wieder an seine Dose, bis ihm die Geschichte zu langweilig wurde und er den Onkel dadurch aus seinen Träumen erweckte, daß er sich emporhob und ihm auf die Schulter klopfte:

»Also du hältst dich an unsere Verabredungen. Ich verlasse mich ganz auf dich und dulde keine ferneren Ausflüchte und Verzögerungen mehr.«

»Verlasse dich darauf. Morgen früh fahren wir zusammen vor, und heute abend mache ich noch dem Nichtchen und ihren braven Eltern eine Visite.«

Er lehnte das Bild Innocentias gegen die Wand, von der es heruntergefallen war, und die beiden Euleriche nahmen für diesmal Abschied voneinander – zärtlich, gerührt, bewegt können wir denselben jedoch nicht nennen. Außerdem, daß sie wußten, was sie voneinander zu halten hatten, wußten sie ja auch, daß sie nahe beisammen – der eine unter dem andern – wohnten, und daß sie sich recht bald wiedersehen würden.

In der angenehmen Abendkühle erschien der Onkel Püterich in der Villa der Eltern Ernestas, und um Mitternacht erschien der Geist Rosa von Krippens dem Assessor bei der Regierung Abwarter, dem Geliebten und verstohlen Verlobten Ernestas.

Alte Gebäuderumpeleien zu schildern und unsere Stimmung daher zu nehmen, ist uns zwar sonst ein Vergnügen, aber dennoch lassen wir diesmal den Püterichshof ruhig bestehen, wie er sieht, und versetzen uns ganz und gar in die Gefühle der Seele Fräulein Rosa von Krippens, nachdem der Nagel heraus war, der sie dreißig Jahre lang hinter der Tapete ihres einsilbigen Geliebten und stadtkundig vor Eltern, sonstigen Verwandten, Freunden und Freundinnen Verlobten festgehalten hatte. Daraus saugen wir unsere Stimmung und bringen hoffentlich allen unseren Leserinnen einen Hauch der Befreiung mit.

»Uh,« hauchte vor allen Dingen der Geist Rosas, sich zum ersten Male seit dreißig Jahren frei zusammenziehend und wieder ausbreitend. »Barmherziger Gott, bist du so gut? Ist es denn möglich?! Ist es wahr?!!!!« Es ist wahr! Die naturhistorische Gesellschaft *Acanthia* im Kleister fing an unruhig zu werden, weil es möglich, weil es wahr war: der Geist Rosas durfte zum ersten Mal wieder die Stellung verändern, den Platz wechseln! Was Rosa von Krippen im Leben nie zu tun gewagt hatte, das tat ihre Seele jetzt nach nahezu vollendeter Buße: sie reckte und dehnte sich natürlich – sie schüttelte sich sogar. Sie wendete sich schaudernd von der Aussicht in dem Zimmer des Onkels Püterich ab; – mit dem Gesicht gegen die Wand, mit der Rückseite gegen die Hinterseite der Tapete gedreht, fuhr sie auf und ab an der Mauer; Innocentia, die Tänzerin, hätte ihr ihre Schattensprünge *nicht* nachgemacht – –

Meine Damen, man muß dreißig Jahre lang selber als prüde, prätentiöse deutsche Jungfrau hinter der Tapete geklebt haben, um ihr diese Gefühle nachempfinden zu können – – – – –! Was uns, den Gewährsmann, angeht, so entnehmen wir, wie gesagt, nur unsere gegenwärtige Stimmung daraus. Unser Geschick bewahre uns gnädig davor, in ähnlicher Weise festgenagelt zu werden. Wenn uns der Nagel nicht durch das Herz geht, so wird er uns sicherlich durch die Stirn getrieben werden; aber, bei den Unsterblichen, es gelüstet uns nichtsdestoweniger, zu wissen, für wessen Bild er durch die Tapete und unser *Hirn in die Mauer* geschlagen werden wird!

»Stecken Sie sich doch gefälligst hinter die Tapete,« wird die freundliche Leserin lächelnd raten; und wir brechen ab, das heißt wir fahren anlautend fort, den Gefühlen Fräulein Rosas weiter Folge zu geben.

»Es ist mir im Leben schwer geworden, mich zu äußern, wie ich empfand,« hauchte der gelöste Geist; »jetzt möchte ich schreien können, um zu sagen, wie ich mich fühle! Ich habe mich immer nur ahnen lassen wollen und habe in Verdrießlichkeit und trübseligem Schmollen meine Tage verbracht, wenn meine Umgebung nicht fähig war, mich zu fassen. O Gott, frei, frei, frei von der Wand! Frei von diesem fürchterlichen Nagel! Ah! – ah! – oh!«

Und Rosas Geist sah den Onkel Püterich Toilette machen, sah ihn seine bessere Perücke aufsetzen, sah ihn nach seinem Hut und Stock suchen und sah ihn abziehen. Er hörte ihn die Treppen hinunterhuschen (ist es nicht seltsam, daß wir von Rosas innerstem Wesen als einem Er reden müssen?), und er hörte die Droschke fortrollen, die den einstigen Geliebten zur Villa Piepenschnieder führte. Er zögerte noch ein Weilchen, dann wagte er's bangend und streckte die Zehenspitze durch die Tapete (unsichtbar natürlich, da es noch Tag war!), das Knie folgte, eine Hand folgte, es folgte die andere – der Nasenspitze folgte der Rest des Gesichtes und sonstigen Körpers: Rosa von Krippen stand mit einem Geistersprung inmitten des Gemaches Philibert Püterichs!

»Ah!« –

Wenn wir auch einmal die Wohligkeit einer solchen oder ähnlichen Erlösung gekostet haben werden, sind wir vielleicht imstande, den Zustand ganz genau zu schildern, und finden auch vielleicht jemand, dem wir ihn in die Feder diktieren können. Was wir heute angeben können, ist nur ein verhältnismäßig Äußerliches: Rosas Geist drehte sich drei Minuten mit der Geschwindigkeit eines Kreisels um die eigene Achse; Rosas Geist hob die linke Fußspitze gegen die Decke und hob die rechte. Rosas Geist hüpfte auf und drehte sich von neuem ein halb Dutzend Mal in der Luft um sich selber. Rosas Geist war eben im Begriff, sich auf den Kopf zu stellen, was selbst Innocentia in ihrem Erdendasein nur in ihrer kindlichsten Jugend öffentlich getan hatte, als leider Gottes jemand – vielleicht der Briefträger – an die Tür pochte, und – er (Rosas Geist) in einem jähen Rückfall in die alte Erdenschüchternheit sich blitzschnell zurück hinter die Tapete rettete. Der Pochende marschierte, da niemand ihm öffnete, verdrießlich wieder ab; aber Rosa von Krippen fühlte es durch ihren ganzen Schatten, daß sie sich von dem Schrecken zu erholen habe, blieb bis Mitternacht an der Stelle, wo sie dreißig Jahre lang gewesen war, und wagte sich dann erst zum zweiten Mal hervor, ihrerseits den Leuten zum ersten Mal im Verlaufe ihres Banns einen Schrecken einzujagen. An dem Herausfliegen des Nagels und dem Herunterfallen der Lithographie vorhin war sie ja nicht schuld, – durchaus nicht! – aber die Sünderin Innocentia kann vielleicht Auskunft darüber geben; – sie will aber vielleicht nicht.

Es ist jetzt für uns Mitternacht. Am anderen Ende der Stadt schlummern in der Villa Piepenschnieder Papa und Mama sänftiglich. Die Dienerschaft schläft, leise rauschen die dunkeln Bäume und Büsche um das Haus. Die Rosen duften auch in der Nacht, und der Springbrunnen vor Ernestas Fenster treibt gleichfalls im Dunkeln sein munter Spiel weiter. In der Villa Piepenschnieder, in ihrem Kämmerlein sitzt nur das Fräulein des Hauses wach in ihrem Bette. Eine Viertelstunde nach Ankunft des guten Onkels hat man sie aus dem Garten in den Salon zitiert, und sie hat schöne Dinge zu hören bekommen. Um Mitternacht überlegt Ernesta immer noch diese Dinge und sucht vergeblich sich in sie zu finden.

Um Mitternacht schläft im Püterichshofe der Onkel Püterich den Schlaf des Gerechten, der irgendeinen, ihm selbst recht löblich erscheinenden Vorsatz wieder einmal zur Ausführung gebracht hat. Er schnarcht, und Rosas Geist hört ihn durch drei Wände hindurch schnarchen. Die zwölf feierlichen Schläge sind eben verhallt, und – Rosas Geist wagt es zum zweiten Mal, aus der Tapeten hervorzutreten. Aber er muß durch des Onkels und einstigen Geliebten Schlafgemach, um in die Wohnung des Assessors bei der Regierung Hilarion zu gelangen, und er zittert auf der Wand, wie jeder andere Schatten hinter einem flackernden Lichte.

Er muß! er fühlt es, daß er muß, und er nimmt alle seine Energie zusammen! Er wagt es – er geht durch die drei Wände, die ihn von dem schlummernden Baron trennen – schreckhaft gleitet er an dem Lager desselben vorüber. Er hoffte eben, unbemerkt durchzugelangen und, – er irrte sich: Die Stunde der Sühne war da – war auch für den alten Sünder Püterich da! der graue höhnisch-kalte Heimtücker und Baron *sollte* den Geist der Geliebten sehen und – er sah ihn!

Er saß mit einem Mal aufrecht im Bett, auf beide Hände krampfig sich stützend, und starrte auf den zarten, ihm einst so zärtlichen Spuk. Die Haare konnten ihm nicht emporsteigen, denn seine Perücke hing über dem Perückenstock auf dem Tische neben seinem Bette, aber was er noch an Zähnen besaß, klapperte zusammen, und sein Blut koagulierte, und kein Geschüttel machte es ihm für den Rest des Tages wieder flüssig.

»Allbarmherziger! – was ist? – Rosa!«

Mit beiden Schemenhänden abwehrend, zog sich die Erscheinung gegen die nächste Wand. Von ihr den Rücken gedeckt, sah sie noch einmal stumm mit den Gespensteraugen auf den gänzlich unzurechnungsfähigen alten Verbrecher, und dann – dann hatte noch nie, seitdem tote Geliebte den treulosen Liebhabern erschienen sind, eine Grabesbraut mit solcher Heftigkeit und solchem schaudernden Widerwillen ihre Schleier und sonstigen Gewänder bis aufs Hemd zusammengefaßt, um durch die Mauer zu verschwinden. Kein lieblich Erdenkind, kein Fräulein der besseren Stände entflatterte, von einem Besuch im tiefsten Negligé ertappt, jemals schreckhafter durch die Tür, wie in diesem Augenblick der Geist Rosas durch den Kleiderschrank ihres Philiberts.

Philibert aber fiel hin, wie am Nachmittag das Bild Innocentias. Es war fünf Minuten und drei und eine halbe Sekunde nach zwölf Uhr, und um zehn Uhr morgens lag er noch immer. Es war eines der größten Mirakel, daß er überhaupt je wieder aufstand, und es zeugte jedenfalls von seiner guten Konstitution; denn mancher andere in seinem Alter wäre nach einem solchen Schrecken in alle Ewigkeit liegen geblieben.

Fünftes Kapitel

Daß ein Geist Uh oder Huh schreit, ist nichts Unerhörtes, Ungewöhnliches; aber Rosas Geist, wiederum durch drei Mauern sich stürzend, stieß einen zwischen Üh und Eh die Mitte haltenden Laut aus, nur Geisterohren vernehmbar! Wir bitten demnach um den dumpferen, wenn auch lauteren Ton, wenn es uns beschieden sein sollte, einmal derartig in der Stille der Nacht angeächzt zu werden. *Wir* hören fein, und leider ist das nur in seltenen Fällen ein wünschenswertes, angenehmes Geschenk der Götter.

In einer vierten Wand sammelte sich die gute, aber nervenschwache Seele. Dann ging sie, etwas gefaßter, weiter um, und zwar um die Halbseite des Häuservierecks des Püterichshofes. Wie ein leiser Luftzug fuhr sie durch Stuben und Kammern, durch einen Teil der Magazine von Aldenberger und Kompanie, über Kaffeesäcke und Ölfässer, über die Bettchen schlafender Kinder und vorbei an den Betten der Eltern dieser Kinder. Jetzt kreuzte sie einen Korridor, der sich vor der Stubentür Hilarions hinzog; – noch einmal hielt sie inne, schwebte, suchte sich selber zu beruhigen. Mit einem letzten Entschluß führte sie ihr Vorhaben aus und – erschien dem jungen Assessor bei der Regierung!

Ein solcher jugendlicher Assessor mit der Aussicht, dereinst geheimer Rat zu werden, verliebt, geliebt, im geheimen verlobt und dazu mit ästhetischen Neigungen behaftet, ist eins der glückseligsten Geschöpfe in dieser Welt.

Je unglücklicher er sich fühlt, desto wohler ist ihm, und Hilarion fühlte sich in dieser Nacht, wo selbst zu allem übrigen noch die Geisterwelt ihre Hand segnend auf sein Haupt legen sollte, über alle Schilderung selig in seinem Elend.

Der Herr Assessor Abwarter malte ein wenig, und zwar ganz allerliebst Blumen- und Fruchtstücke mit flatternden Schmetterlingen und kriechenden Käfern in Wasserfarben. Der Herr Assessor trieb ein wenig Musik, und ein Pianino war vorhanden und stand aufgeklappt im bleichen Mondenstrahl. Man wollte wissen, daß der Herr Assessor Abwarter sich sogar dann und wann in seinen Bureaustunden mit den schönen Wissenschaften abgebe – daß er in seinen Nebenstunden dichte, wußte man ganz gewiß.

Hilarion war durchweg ein liebenswürdiger Mensch, ob er Aquarell malte, auf dem Flügel phantasierte, den Pegasus zügelte oder Protokoll führte. Rosas Geist hatte durchaus keinen Grund, sich vor ihm zu fürchten, zumal er ihn selbstverständlich vollständig angekleidet, wenn auch im Schlafrock, traf.

Wie hätte Hilarion schlafen können? In Tagen – und Nächten wie diese? – Noch nach fünfzigjähriger Dienstzeit, als geheimer Rat, Schwiegervater und Großvater hätte er's sich nicht vergeben.

Er saß natürlich wach in seinem Kämmerlein im Püterichshof, wie Ernesta in dem ihrigen in der Behausung ihrer Eltern, in der Villa Piepenschnieder.

Er aber verdichtete die Stunden, welche beide gute Kinder von Rechts wegen dem traumlosen Schlummer hätten widmen sollen!

Die Villa Piepenschnieder lag, wie wir angemerkt haben, im tiefsten nächtlichen Dunkel; der Püterichshof jedoch im Mondschein – wahrscheinlich eben der Poesie wegen; denn soviel das uns, den Protokollführer im gegenwärtigen Fall, angeht, so wissen wir uns ganz und gar unschuldig an der holden Beleuchtung; wir haben seit längerer Zeit unsere Arbeitsstunden in den hellen Tag, zwischen das Frühstück und das Mittagsessen verlegt. Wir machen seit längeren Jahren keinen Anspruch mehr darauf, poetisch zu sein.

Jeder Johanniswurm übertrifft uns in der Fähigkeit, sobald es dämmerig wird, sein Licht der Umgebung mitzuteilen. – –

Hilarion saß vor seinem Tisch beim Mondenschein und beim Scheine seiner Lampe. Er hielt in allen Dingen, soweit es seinen Mitteln möglich war, auf Zierlichkeit und Anmut in seinen Zubehörden. Er liebte nicht nur sein Ernestchen, sondern auch bronzene Briefbeschwerer, kristallene Tintenschalen, elegante Federhalter und feines Postpapier. Auch seine Akten hätte er am liebsten auf letzterem geschrieben; seine Liebesbriefe und seine Gedichte legte er immer in hübschester Handschrift darauf nieder. Wenn er dabei nicht an die Ewigkeit, die Unsterblichkeit dachte, so war auch das, wenigstens was die Gedichte betraf, ein hübscher Zug von ihm.

Augenblicklich schrieb er auf einem zart violett gefärbten Blatte, das heißt er starrte darüber weg und hinein in das bläuliche Silberlicht vor dem offenen Fenster. Fünf Minuten lang stand Rosas Geist hinter ihm und sah ihm über die Schulter, und dann – als der Assessor bei der Regierung seufzte, lächelte wehmütig Rosa von Krippen! zum ersten Mal seit Mitternacht, zum zweiten Mal, seitdem sie Innocentias Lithographie von der Schattenbrust losgeworden war.

So hätte Rosa von Krippen von ihrem Philibert – dem jetzigen Onkel Püterich – in der Zeit ihrer und seiner Jugend, in der Zeit ihrer beiderseitigen jungen Liebe angedichtet worden sein mögen! –

»Ja, dann wäre alles ganz anders gekommen!« hauchte diese verwunschene Mädchenseele, und ein neuer Schauer ob des dreißigjährigen Aufenthalts hinter der Tapete und in der naturhistorischen Gesellschaft lief ihr durch den Schatten, vom Wirbel zur Zehe. Ach, die erste Muse, die bei dem Onkel Püterich Gevatter sieht, ist die unserige! –

Der Assessor Hilarion griff sich durch das lockige Haar und seufzte noch einmal. Zugleich wurde es ihm merkwürdig kühl im Rücken, er schob es auf das offene Fenster, und da er noch in diesem Moment keinen auf das Wort »Wunsch« passenden Reim fand, erhob er sich, um den Flügel zu schließen; – wir aber möchten jetzt Mondschein, Lampenschimmer, Blumenduft, Geisterhauch und Rheumatismus zu gleicher Zeit sein, um ihm, uns und unserem Publikum gerecht zu werden in dem Moment, als er sich wendete –

»Rosa von Krippen hieß ich im Leben!« sagte die Duftgestalt, die er an seiner Statt schemenhaft an seinem Platze in seinem Sessel vor seinem Schreibtische sitzen sah.

»Engel und Boten Gottes, steht uns bei!« hauchte der Assessor bei der Regierung.

»Mein eigen Schicksal sendet mich, guter Jüngling,« flüsterte die Erscheinung. »Ein Menschenalter haftete ich hin – nein, das Entsetzliche ist nicht auszusprechen! Dein Ohr würde das Furchtbare nicht tragen! und ich schweige!«

»Sprich – zu – mir! Sei du ein Geist des Segens, sei ein Kobold, aber – sprich zu mir!«

»Sie sprachen von dir heute genug drüben im Vorderhaus,«
hauchte der Geist. »Sie haben Schlimmes – Arges mit dir im Sinn!
mit dir und deiner Geliebten!«

»Der Onkel Püterich?« stammelte Hilarion, den kalten Schweiß
von der Stirn wischend.

»Der Baron Philibert Püterich und sein Freund!«

»Sein Freund Magerstedt?«

Die Erscheinung ließ das Haupt sinken:

»Gehe zu Konstantins.«

»Zu Konstantins?!«

»Er leidet seit vorgestern an Zahnweh, und du wirst ihn morgen
daheim in seiner Zelle treffen. Führe deine Braut mit dir zu ihm und
sage ihm, ich habe euch gesendet.«

»Du?«

»Rosa von Krippen! Wundern wird er sich wohl ein wenig!«

»In seiner Zelle? Großer Gott, doch nicht vor dem ***tor, in der
Provinzialstrafanstalt?«

»Tief – tief im Walde! Grüße ihn; sage ihm: dreißig Jahre habe Rosa von Krippen hinter der Tapete im Püterichshofe gesteckt und –
sende dich, daß er dir helfe,« sprach die Erscheinung verblassend –
immer mehr verschießend.

Er – Hilarion – wollte ein Wort sagen; aber da stand der Stuhl vor
seinem Tische und seinem Manuskript wieder leer. Er riß die Uhr
hervor, – sie mußte unbedingt richtig gehen! es war Eins in der
Nacht. Wäre sie unrichtig gegangen, so hätte er sie unbedingt in
Ermangelung der Sonne nach Rosas Geist stellen dürfen. – Er zog
einen zweiten Sessel an den Tisch und saß nieder, die Uhr in der
Hand behaltend; nicht um eine Präsidentenstelle hätte er den Platz
einzunehmen gewagt, den sein Besuch eben verlassen hatte. Was
das Zubettgehen anbetraf, so kam er gar nicht dazu, die Möglichkeit
davon in den Sinn zu fassen, und wir geben ihm recht! selbst der
abgehärtetste Staatsanwalt würde nach einer solchen Visite die
Hosen anbehalten, ja die Stiefeln wieder angezogen haben.

Dem lyrischen Assessor war das Picken seiner Taschenuhr das einzige, was ihn innerhalb der Grenzen seiner fünf Sinne festhielt.

»Rosa von Krippen! Rosas Geist! – der Onkel Püterich – Konstantins – Herr von Magerstedt – Zahnweh seit drei Tagen! – dreißig Jahre hinter der Tapete. Konstantius! – Rosa von Krippen? – Wer war, wer ist Rosa von Krippen? Es war ein Traum, oder ich bekomme ein Nervenfieber! – Nein, es war kein Traum – ich habe das nicht gedichtet!«

Er überflog scheu mit schiefen Blicken das violette Blau von ferne, ohne es aufzunehmen:

»Da knie ich vor des Lebens höchstem Wunsch!«

Er schüttelte das Haupt:

»Keine Ahnung, keine Idee von Rosa von Krippen! – Wunsch! Wunsch?« und seltsamerweise fand er nun plötzlich den lange gesuchten Reim auf Wunsch.

» *Punsch!*« murmelte er und fügte sofort gellend hinzu: »Nein, nein, bei den unsterblichen Göttern nein und wieder nein! Gänzlich unanwendbar! Ganz außer aller Frage! Und was das andere – die holde Erscheinung– nein, und dreimal nein! Solch ein ätherisch Bild war nicht imstande, dem ruchlosen Gebräu des Kollegen Winkenthin zu entsteigen! übrigens bin ich ja auch gestern abend vor zehn Uhr, vor der zweiten Bowle kummervoll aus der Gesellschaft fortgeschlichen und habe mein Stübchen aufgesucht! Ein Mensch in meiner Lage ist doch wahrlich nicht in der Stimmung, den frivolen Scherzen und den Witzen und Schnurren – indogermanischen Ursprungs natürlich – eines halben Dutzend durch geistiges Getränk belebter Meidinger, das heißt seiner besten guten Freunde, Geschmack abzugewinnen?!– Mein Kind! Mein Herz, meine Ernesta! O Gott, wenn es doch Morgen werden wollte, damit es doch wieder Abend werden könnte und ich sie am Gartengitter sprechen dürfte!«

Der erste dieser Wünsche ging bereits in Erfüllung. Der Himmel machte selbst den Reim darauf und färbte sich purpurrot im Osten. Die Sonne kam, stieg immer höher und fand zu einer außergewöhnlich frühen Stunde den jungen verstörten Rechtskundigen Hilarion in dem Zentralpolizeigebäude, allwo er sich, »plausible Gründe«

anführend, bei dem Kollegen und Punschbrauer Winkenthin erkundigte, ob je eine Familie von Krippen in der Stadt existiert habe, und ob es möglich sei, daß vor dreißig Jahren ein weibliches Mitglied dieser Familie Rosa geheißen habe?

»Das wollen wir gleich heraus haben,« sprach der etwas überwacht dreinschauende Kollege. »So rasch makuliert die Sicherheitsbehörde ihre Akten nicht.«

Sie gingen dann beide ans Werk, suchten in den Büchern der Vergangenheit und kamen richtig zum Zweck.

Sie fanden sowohl die Familie wie das Fräulein; wir aber gestatten uns wehmütig und vollständig abgeführt die Bemerkung:

»Da bringe nun einmal einer heute noch einen Geist unter die Leute!«

Wir glaubten, wir hofften, mit Rosa hinter der Tapete schauerlich zu wirken, und wir machten uns nur der Polizei gegenüber lächerlich, und – wenn uns unsere Erfahrung nicht täuscht, nicht allein der Polizei gegenüber. Unser Gefühl freilich täuscht uns fröhlich weiter; und so halten wir uns an den uralten Trost, daß es dann und wann auch ein kleines Verdienst ist, sich mit Verständnis lächerlich zu machen, und daß alles Heroentum mit einer Wurzel auch da hinunterhängt.

Einen giftigeren, ärgerlicheren Freund als den Freund Magerstedt, da er am Sonntagmorgen im Frack bei dem Onkel Püterich erschien und diesen nicht imstande fand, den am gestrigen Nachmittag verabredeten Plan auszuführen, hatte der Püterichshof noch niemals gesehen.

Sein nächtlich Spukgesicht wagte der gute Onkel nicht als Entschuldigungsgrund geltend zu machen; seine körperliche Zerschlagenheit, sein gänzliches Unvermögen, heute einen verständigen Gedanken zu fassen, wollte aber der liebe Freund nicht gelten lassen.

»Finten und Flausen! nichts als Flausen und Finten!« zeterte der Herr von Magerstedt. »O ich kenne deine Art, Ausflüchte zu suchen und zu finden, du alter Wechselreiter. He, he, he, soll ich wirklich einmal an die Seifenblase deines guten Rufes – deines Kredits bei den Leuten mit dem Zeigefinger tippen? Ei, werden sie sich wundern in der Stadt und in der Villa Piepenschnieder, wenn ihnen das schillernde Ding vor der Nase zerspringt. Püterich, wenn ich jetzt allein eine Visite in der Villa mache, so ist es mit deiner Erbonkelei, dem besten Platz und Bissen bei Tische, dem weichen Rückenkissen, der Fußbank usw. usw. in alle Ewigkeit vorbei. Und wenn das Publikum Wind davon kriegt, wie du deinen Ruf in allen Regenbogenfarben aufgeblasen hast und wie's doch nur Seifenschaum war, so – gratuliere ich dir zu den angenehmen Zitationen usw., die dir das königliche Stadtgericht in den Briefkasten schieben wird.«

»O Magerstedt – sieh mich doch nur an, Magerstedt!«

»Mit höchstem Widerwillen tue ich das bereits seit einer halben Stunde, Püterich; und jetzt rede ich mein letztes Wort zu dir –«

Er kam nicht dazu, denn der Baron kniff plötzlich die Augen zu und sperrte den Mund auf, legte sich zurück in der Sofaecke und fingierte eine vollständige Bewußtlosigkeit höchst geschickt, und zwar aus dem einfachen Grunde, weil er einer solchen in der Tat ziemlich nahe war.

Selbst die beste Natur hält's auf die Dauer nicht aus, daß alles auf sie eindringt, die Geisterwelt und die Körperlichkeit, und beide in der »eminentesten« Weise. Wir, zum Exempel, rühmen uns auch einer guten Natur; aber das längere Zusammensein mit diesen zwei ehrwürdigen Greisen halten wir gleichfalls nicht länger aus. Wir entfernen uns eiligst, tragen aber gottlob das Bewußtsein oder die Gewißheit mit uns fort, daß der Freund Magerstedt unsere kleine Ernesta heute noch nicht als Braut heimführt, und sie also auch morgen noch nicht als junge Frau in das idyllische Hinterstübchen mit der Aussicht in den Püterichshof hermetisch verschließen kann. Als die Dämmerung dieses Sonntags kam, suchte der Onkel Philibert nach dem Gesangbuche seiner seligen Mutter in seiner gerade nicht sehr reichhaltigen Bibliothek, und je dunkler es wurde, desto weniger vermochte er es, sich selbst zu überreden, daß er das verstaubte Buch mit den silbernen Beschlägen und Klammern nur des Scherzes wegen auf seinen Nachttisch gelegt habe.

Was Freund Magerstedt sich zur anmutigen Lektüre während der schlaflosen nächtlichen Stunden bereithielt, wissen wir, teilen es

jedoch nicht mit. An den Orten, wo dieses interessieren würde,
kennt man das doch schon.

Sechstes Kapitel.

Nun ist es wieder süße Abenddämmerung mitten im schönen Sommer, und wieder hat Ernesta sich auf das Recht der Jahreszeit und der Natur gestellt und allen ihren Verpflichtungen gegen die lieben Eltern ein Schnippchen geschlagen. Die lieben Eltern wollen es ja nicht anders, und so ist das gute Mädchen bei sinkender Nacht hinter den eindringlichsten Vermahnungen, Ge- und Verboten von Papa und Mama weggeschlichen und hinter den Büschen zu dem zierlichen Gartengitter geschlüpft, an dessen Außenseite der Geliebte in aller Verwirrung, Unruhe und Aufregung des Daseins gleichfalls hinter dem Busche harrte.

Unter Umständen soll ein verstohlener Kuß durchs Gitter köstlicher sein als hundert von fünfzig Tanten genehmigte vor vollständig versammelter Verwandtschaft. Hilarion und Ernesta aber fanden das heute abend noch weniger als am gestrigen und vorgestrigen. Ernesta hatte eine entsetzliche Angst, und der Assessor bei der Regierung hatte einen Geist gesehen und der Geliebten Mitteilung davon zu machen.

Und er hatte die Geschichte, das wunderbare, wundersame Erlebnis dreimal vorzutragen, ehe er imstande war, seine Verlobte zu der Überzeugung zu bringen, daß er ihr nichts vorlüge. In der Beziehung war es jammerschade, daß er den Onkel Püterich nicht mit als anderen Zeugen an das Gartengitter führen konnte; ihm hätte die Geliebte vielleicht auf das erste Wort geglaubt.

Der Geliebten erstes Wort war natürlich:

»Hilarion?!«

Worauf der Geliebte in fliegender, sich überstürzender Hast erwiderte:

»Ich habe in Leipzig, Bonn und Berlin studiert; ich war heute Morgen auf dem Polizeibureau und ließ mir die Bevölkerungsregister nachschlagen. Ich habe auch keine Ahnung gehabt, daß Rosa von Krippen existiert hat: Ernesta, es gibt doch mehr Dinge zwischen Himmel und Erde, als sich unsere Schulweisheit träumen läßt!«

Nomina sunt odiosa, aber Zitate sind oft noch viel odioser: kein Gott hilft uns davon, das von neuem drucken lassen zu müssen, was die klügsten Leute immer wieder als etwas Frisches beibringen! *Crambe bis cocta*, zweimal gekochter Kohl kann etwas ganz Delikates sein; aber wenn Ernesta, nachdem sie zum dritten Mal den Geliebten hat ausreden lassen, flüstert: »Also auch die Geisterwelt hält ihre schützende Hand über uns!« so glauben wir auch das schon häufiger als zweimal in einem Buche gelesen zu haben, ständen uns jedoch selber nicht wenig im Lichte oder vielmehr vor dem Löffel, wenn wir durch diese Bemerkung irgend jemand den Appetit verdorben hätten.

»Ich möchte mich hier hinwerfen und die Erde mit meinen Nägeln aufreißen, wenn ich mir vorstelle, daß dieses in Fleisch und Blut umher hinkende Gespenst, deines Onkels Freund, in diesem Augenblick sich den Tisch in seinem Hinterstübchen hat decken lassen!« stöhnte Hilarion. »Stelle es dir vor, daß er dabei nur in der Aussicht schwelgt, dich demnächst als Gegenüber bei seiner Hafergrütze zu haben! Stelle dir mich, stelle dir meine Aussicht dann aus meinen Fenstern auf dich vor und sage mir, was wir tun sollen, um das abzuwenden?«

Er hatte sich mit beiden Händen in die Haare gegriffen, und mit beiden armen kleinen Händchen hielt sich Ernesta an den eleganten Eisenstangen, die sie von dem Geliebten trennten.

»Entsetzlich wäre es!« flüsterte sie schaudernd. »Ist dieser Einsiedler im tiefen Walde wirklich keine Fabel, kein Märchen, Hilarion?«

Der Assessor zog die eine Hand aus den Locken zurück, jedoch nur, um sich mit ihr vor die Stirn zu schlagen.

»Himmel, wie dumm, wie vergeßlich, wie verwirrt der Mensch ist! Hätte ich mich nicht gleich auch danach auf der Polizei erkundigen können? Daß er existiert, weiß ich freilich. Darin hatte die Erscheinung, hatte – Rosas Geist recht.«

»Herz, so will ich all meinen Mut zusammennehmen, und wir wollen es darauf ankommen lassen. Wo willst du mich mit der Droschke erwarten? und zu welcher Stunde ist es dir am passendsten? Was mich hier erwartet, weiß ich, und es ist das Schrecklichste, was mir begegnen kann. Was haben wir sonst noch zu fürchten, gesetzt den Fall, du habest dich geirrt und nur wunderlich geträumt?! Ich meine, morgen nach Mittag, wenn Papa und Mama Mittagsruhe halten, ist die gelegenste Zeit. Erwarte mich hier mit einem Wagen und hilf mir über das Gitter. Wir fahren zu deinem Einsiedler, und die Geisterwelt mag fernerhin schützend ihre Hand über uns halten.«

»Ernesta! Ernesta! wo steckst du?« rief man in diesem Moment zum zweiten Mal in dieser wahrhaftigen Geschichte vom Hause her, und wiederum flötete das liebe Kind zurück:

»Hier, Mama!«

»Punkt vier Uhr morgen nachmittag!« flüsterte Hilarion tief, tief aus dem Jammer der Welt hervor, und Ernesta eilte nach einem krampfigen Händedruck der Villa zu. Bis morgen nachmittag um vier Uhr wissen wir mit keiner Seele in dieser Historie das geringste anzufangen und füllen daher die uns sich aufdringenden Mußestunden so gut wie möglich aus. Der Narr rechnet nach Jahren, der Kluge nach Tagen, der Weise nach Minuten, und wir, die wir das alles durcheinander sind, wir nehmen den Hut vom Nagel und machen einen Spaziergang durch den Aprilabend. Nicht dick und fett mit den Gefühlen eines Philisters, der das fetteste Schwein in der Gemeinde geschlachtet hat; auch nicht mit den Gefühlen des Genius, der da sagt: »Heute habe ich aber mal wieder das Dasein von hundert Individualitäten in meiner eigenen durchgekostet und *theatrum mundi* mag nun meinetwegen einfallen!« – sondern ganz schmächtig und bescheiden als des hohen Dichters entfernter armer Vetter oder vielmehr Halbbruder, wie die Ästhetiker sagen, der den Tag über wieder einmal saß und allerhand Rauchbilder des Lebens auf den Teller kritzelte. Unseren Lesern und Leserinnen wünschen wir auf ihre Teller ein nahrhafteres Gericht, und dieser Wunsch kommt gewißlich aus einem guten Herzen; denn wir finden in unserer Bekanntschaft nur einen einzigen Menschen, der sich lächelnd ob seiner Behaglichkeit beneiden läßt, und dieser seltene Glückliche gründet sein Wohlsein einzig und allein in dem Schmunzeln, mit dem er sein Tellertuch auf den Knien ausbreitet und ächzt:

»Ha, das ist einmal wieder ein Essen, das einen für viel geistigen Kummer entschädigt!«

Der Mann hat recht! Der Mann ist glücklich, während der große
Genius, der vorher erwähnte Poet sich's ausmalt, wie Homeros den
König Alexander den Großen zwang, um das Grabmal des Achil-
leus zu laufen – und sich den Kopf darüber zerbricht, wie nun er es
anfangen soll, einen künftigen Heros zu bewegen, sich seines Opus
wegen außer Atem zu bringen und in Schweiß zu setzen. Daß das
seine Schwierigkeiten hat, weiß er, und daß, zum Exempel, Kaiser
Wilhelm und Bismarck sich nicht darauf einlassen würden, weiß er
auch. Zu Tische kann er mit der Gewißheit ja auch gehen; aber ob
auch ihn das Essen für seinen geistigen Kummer entschädigt, ist
eine andere Frage. Unsere tägliche Selbsttäuschung gib uns heute!

*

Und Papa und Mama hielten ihre Siesta, und der Assessor Abwarter hielt mit seiner Droschke an der verabredeten Stelle. Ernesta
ließ nur zehn Minuten über die verabredete Zeit auf sich warten;
dafür aber brachte sie denn auch den Schlüssel zu einem Hinter-
pförtchen des väterlichen Gartens mit. Sie war ungemein bänglich
erregt, faßte sich aber um desto rascher in dem Gedanken, daß es
eben nicht anders gehe, und daß die Eltern es ja so gewollt hatten.

»Was ich tue, so tue ich immer eine Sünde!« schluchzte sie, als sie
sich von dem Geliebten in den Wagen heben ließ.

»Du bleibst immer gut! und alles, was du tust, tue ich mit,« flüsterte der Assessor, neben ihr Platz nehmend. Die Gäule zogen an, es
gab einen Ruck, infolgedessen Mund und Mund sich so nahe zu-
sammenfanden, daß – nun, wir schreiben keine Abhandlung über
die Sünde, und was die Erbsünde anbetrifft, so – kurz, sie steckten
beide, Jüngling und Jungfrau, im Jammer der Welt, die Droschke
rollte in der vorgeschriebenen Richtung fort, und es war einer der
heißesten Julitage im Jahr.

Nach fünf Minuten sagte die Jungfrau, ein wenig freier atmend:

»Bester Hilli, du hast doch die Gartentür wieder zugeschlossen?
Ich wollte es dir noch sagen, daß du es tun und den Schlüssel dann
über das Staket auf den Sandweg werfen solltest, habe es aber in der
Aufregung natürlich ganz vergessen. Alle Diebe und Bösewichte,
die dem Papa seine Blumen wegholen, schleichen sich von dieser
Seite ein.«

Der unvorsichtige Assessor hatte eben so natürlich in der Aufregung an dieses auch nicht gedacht. Die Tür stand offen, der Schlüssel steckte im Schloß, und noch einmal den Kutscher umwenden zu
lassen, war doch nicht rätlich. Sie fuhren eine halbe Stunde Weges
um die äußersten Barrieren der Stadt; dann in einer Pappelallee
wieder eine halbe Stunde lang; dann bog der Wagen in einen Kom-
munalweg – sie befanden sich im freien Felde und erblickten den
Wald auf einer sanft ansteigenden Höhe vor sich.

»O Gott, o Gott, was werden wir erleben?« seufzte Ernesta, und
der Assessor wußte keine Antwort darauf; aber ein Trostwort fand
er leicht.

Der Kutscher auf seinem Kutschbock pfiff melancholisch die Weise: O Tannenbaum, o Tannenbaum, wie grün sind deine Blätter; –
punkt sechs Uhr abends erreichten sie die ersten in das sonnige Feld
ihren Schatten werfenden Bäume der Wildnis; die Droschke hielt,
der Kutscher stieg ab, öffnete den Schlag und sah mit einem fragen-
den Blick auf seine Fahrgäste nach seiner Uhr.

»Wir nehmen Sie auf Zeit, lieber Mann,« sprach Hilarion. »Sie
warten hier so lange, bis wir zurückkehren.«

»Ganz, wie's den Herrschaften gefällig ist,« erwiderte der Kerl,
und der Geliebte führte die Geliebte unter den niedrigen Hainbu-
chen fort, durch das Haselgebüsch auf einem engen Pfade dem
Hochwalde zu. Solange es ihm möglich war, sah ihnen der Kutscher
nach; dann wendete er sich zu seinen zwei mageren Gäulen und
forderte sie durch einen stummen, aber unbeschreiblich ausdrucks-
vollen Gestus auf, seine Ansicht von der Sache zu teilen; und bitten
wir unsere Leser einmal von neuem mit uns zu erkennen, daß eine
wahrhaftige Geschichte immer wahr bleibt, und wenn sie auch vor
hundert und mehr Jahren erzählt worden sein sollte.

Die zwei abgerackerten, kaum in Haut und Knochen zusammen-
hängenden Houyhnhmns schüttelten mit dem guten, treuen Blick
ihres edlen Geschlechtes die Köpfe. Was aber die Yahoos anbetrifft,
so sind die seit Dr. Jonathan Swifts und Lemuel Gullivers Zeiten in
Bildung und Feinheit und Genußfähigkeit weit vorgeschritten: sie
haben jetzo auch eine Kunst und Literatur! Dem deutschen, edeln
Volke den Rat zu geben, sich ein, mal auch in dieser Yahooliteratur
umzusehen, ist leider nicht notwendig. Es hat sich schon längst

darin umgesehen, weiß merkwürdig genau darin Bescheid, vergnügt sich ungemein dabei und – gestattet uns die Bemerkung, daß das rosigste Fleisch, allem andern Fleisch zum Trotz, doch nur ein frisch gewaschen Ferkel aufzuweisen hat, das über frisch gefallenen Schnee zu Markte getrieben wird. – – Sie gingen Hand in Hand auf dem lieblichen Waldpfade nach der schwülen, weinerlich-bänglichen, fieberhaften Fahrt von der heißen Stadt herauf. Die Sonne ging erst nach ein Viertel auf neun Uhr am Abend unter, und es war für das Liebespaar also noch Zeit für alles – Lichtgedanken, Dämmerungsgefühle und das, was die Nacht in der Menschen Seelen wachzurufen versteht. Folgen wir ihm!

Siebentes Kapitel.

Der schmale Pfad verlor sich immer mehr in das fröhliche Märchen. Schon seit ewiger Zeit konnten Hilarion und Ernesta nicht mehr Hand in Hand gehen; sie wanden sich hintereinander durch das verwachsene Gezweig. Hilarion bahnte den Weg und Ernesta folgte. Sie litten beide an einer süßen Eingenommenheit aller Sinne, die sie unfähig machte, nochmals über sich, ihr seltsames Unterfangen und die kuriosen Dämonen, denen sie sich anvertraut hatten, nachzudenken. Die Vögel rund umher sangen so aufmunternd in ihre Betäubung hinein, daß sie für jedes Mirakel, welches ihnen begegnen mochte, bereit waren.

Zuerst aber begegnete ihnen kein anderer als Freund Oppermann, und zwar ganz im richtigen Moment, nämlich in dem Augenblick, wo sie zum ersten Mal stillstanden und sich umsahen. Der Wald war sehr umfangreich, erstreckte sich meilenweit nach allen Richtungen hin; aber es lebte nur Ein Einsiedler Konstantius drin, und der war also, wenn das Glück und der Zufall nicht halfen, gerade so schwer zu finden, wie die bekannte Nähnadel im Heuwagen.

»Du hast dich hoffentlich nach dem Wege erkundigt, Hilli?« fragte die Geliebte, und kleinlaut mußte der Geliebte gestehen, daß er weder bei Rosa von Krippen noch auf der Polizei danach angefragt habe.

»Das ist aber höchst fatal,« rief Ernesta. »Was fangen wir denn nun an, Herz? Ich glaube, dieser Weg verläuft sich immer mehr in die vollständige Wildnis. O Hilarion, du hast mich hergeführt, und ich verlasse mich ganz und gar auf dich!«

»Das sollst du auch können, Liebste, Beste,« sagte der Assessor. »Von welcher Seite sind wir denn aber eigentlich hergekommen?«

»Ich meine von dort!«

»Nein, das meine ich nicht; denn bei unserem Eintritt in den Wald hatten wir die Sonne zur Rechten.«

»Solltest du dich da nicht irren, bester Hilli?«

»Gewiß nicht! Aber warte nur; es führen alle Wege doch irgend wohin, und so muß doch auch dieser seine Richtung haben. Laß uns nur noch ein Streckchen weiter gehen, wir gelangen sicherlich bald auf einen gebahnteren Pfad.«

Sie wanden sich noch ein Streckchen weiter durch das Unterholz, und der Jungfrau wurde es immer unbehaglicher zumute. Plötzlich stand sie von neuem still und sagte ein wenig vorwurfsvoll:

»Siehst du, dieser Weg führt nirgends hin! O Gott, was soll daraus werden, wenn es Abend, wenn es Nacht wird und wir hier noch immer in der Irre herumlaufen. Der Kutscher wird nicht warten bis morgen früh; er wird nach Hause fahren. Wir werden den Einsiedler Konstantius nicht finden. Du hast doch nur geträumt, und ich habe mich viel zu schnell zu dieser gräßlichen Unbesonnenheit verführen lassen!«

»Mein liebes Kind –«

»O, du trägst alle Verantwortung! Du hast mich hier in die Angst, in die Verwirrung gebracht. O Gott, o Gott, was werden Papa und Mama, und der Onkel Püterich sagen? Was wird die ganze Stadt sagen? O Gott, da will ich doch tausendmal lieber hier in der Wildnis umkommen und mich von den wilden Tieren fressen lassen, als nach der Stadt zurückkommen und die Leute und Papa und Mama reden hören! O, o, oh, hätte ich mich doch auf der Stelle nach Lausanne zu Madame Septchaines zurückbringen lassen!«

»Ernesta?!« rief der Geliebte vorwurfsvoll.

»Ja, ja, Hilarion! Mit tausend Freuden wollte ich da meine Erziehung von neuem anfangen lassen! und auf morgen abend sind wir zu Erbachers zum Gartenfest, Konzert und Ball gebeten. Meiner Mama Pate, der junge Herr Richard, ist aus Paris zurückgekommen!« schluchzte jetzt schon das gute Kind, obgleich die Sonne noch immer hell und freudig am Himmel stand und die Vögel lustiger und lebensmutiger denn je zwitscherten und pfiffen. Gerade jetzt aber vernahmen sie – Er und Sie – ein Kichern neben sich – vor sich, hinter sich – über sich; sie wußten selber nicht, woher es kam. –

»Was war das?« fragten sie beide; Oppermann, den ihnen ihr Schicksal jetzt zu Rat und Trost hersendete, war es jedenfalls nicht.

Der raschelte, hustete, fluchte und schnaufte höchst menschlich und deutlich zu ihrer Linken im Busch.

»Gottlob, da kommt ein Mensch!« seufzte der Assessor bei der Regierung aus etwas befreiterer Brust; er hatte sich selten in seinem Leben so sehr nach irgendeinem Menschen, den jungen Herrn von Erbacher vielleicht ausgenommen, gesehnt. Er, der in seinem Umgange sonst außerordentlich wählerisch war, machte in diesem Augenblicke die allerbescheidensten Ansprüche, und Oppermann genügte denselben vollständig.

Er war natürlich betrunken, und jünger und hübscher war er seit dem Tage, an welchem er den Eremiten zuerst in seinem Revier entdeckte, auch nicht geworden. Als er aus dem Buschwerk hervorbrach und taumelte, stieß Ernesta einen Angstruf aus und klammerte sich wieder fester an den Geliebten. Oppermann aber legte die Hand über die schwimmenden Äuglein, griff militärisch, so gut es ging, zum Gruße an die Mütze, schwankte noch drei Schritte näher und grüßte zum zweiten Mal mit einem unbeholfenen Kratzfuß sehr zutunlich und, wie es schien, gleichfalls recht erfreut über die angenehme Begegnung.

»Herrje, Herrje,« stammelte er grinsend, »da – sind wir – die jungen Herrschaften ja schon wieder! Mit Verlaub – Fräulein, was – haben Sie denn bei uns gestern vergessen?«

»Gestern?« fragte das Fräulein, und:

»Gestern?!« wiederholte Hilarion ebenso verwundert wie sein Bräutchen.

»Mit Verlaub, ich hab' Sie beide doch gestern nachmittag erst aus dem Walde herausgedigerieret. Zwanzig Silbergroschen Douceur – der junge Herr hätte auch wohl einen Taler draus machen können.«

»Liebster Mann,« rief der Assessor dem immer vergnüglicher blinzelnden Oppermann zu: »gestern waren wir, ich und das Fräulein, nicht hier in Eurem verhexten Walde, und Ihr habt uns also auch nicht wieder hinausdirigieren können. Aber einen Taler zahle ich Euch mit Freuden, wenn Ihr uns jetzt noch tiefer hineinführt, das heißt zu dem Herrn Konstantius, der hier in der Gegend wohnen soll!«

Der Alte hatte sich glucksend an einen Baum gelehnt und schüttelte bedenklich den Kopf.

»Mit Verlaub, Sie waren es nicht, die gestern schon bei Herrn Konstantius um Rat waren?«

»Gewiß nicht; auf Ehre!«

»Na,« rief der muntere Greis nickend, »hören Sie, dann fängt es aber allnachgerade an von Ihnen hier im Revier zu wimmeln, und der Va–ter – Konstan– ti–us hat recht.«

»Worin hat der Vater Konstantius recht?«

»Darin – nämlich, daß es ihm zu viel wird und er ausziehen will.«

»Gütiger Himmel!« flüsterte Ernesta; aber ihr kluger Hilli war mit seinen Überredungskünsten glücklicherweise noch nicht zu Ende.

»Hören Sie, alter Freund,« sagte er zutraulich, »es soll mir auch auf zwei Taler nicht ankommen, wenn Sie uns diesmal noch den Weg zu Ihrem Einsiedler führen.«

»Hm!« murmelte der Alte, vor einem durch das Gezweig blitzenden Strahl der sinkenden Sonne niesend und dann die Nase mit dem Knöchel des rechten Zeigefingers reibend.

»Ne!« brummte er, einen Entschluß herausreibend. »Ich tu' es nicht! Er ist seit dreißig Jahren mein einzigster Kumpan und Trost in der Einöde, und er will keine unglücklichen Liebespaare mehr. Er will sich nicht mehr überlaufen lassen. Weshalb sind Sie es gestern nicht gewesen? Gestern wären Sie die Allerletzten gewesen, die er vor sich gelassen hat.«

»Siehst du, Hilarion?« schluchzte Ernesta, »o Gott, gib ihm nur schnell ein Trinkgeld, und laß ihn uns zu unserer Droschke zurückbringen!«

»Ernesta?!« stammelte Hilarion nun wirklich ein wenig vorwurfsvoll; doch glücklicherweise hatte Oppermann der Brave das bängliche Wort des armen Kindes überhört und ergriff seinerseits von neuem mit immer dickerer Zunge stammelnd das Wort:

»Wissen Sie, was ich tun will für die zwei Taler? Ich will Ihnen die Direktion angeben, und wenn Sie hernach Ihren Weg allein finden, so ist uns allen geholfen. Wollen Sie?«

»Gewiß, Sie alter –« schrie der Assessor bei der Regierung, das Hauptwort im Satze verschluckend.

»Na, dann verlassen Sie sich nur auf Oppermann; Sie sein die ersten nicht, denen er die Direktion angegeben hat. Sie halten sich also zuerst –«

Und er fuhr fort, wir aber fahren nicht in dieser Richtung fort, ihm zu folgen, denn eine umständlichere Wegbeschreibung hatten Hilarion und Ernesta noch nimmer in ihrem Leben erhalten; es war unter allen Umständen ein Jammer, daß er – der Vater Konstantius – noch in keinem Reisebuch stand, und daß weder Herr Bädeker noch Herr von Berlepsch ihn in seiner Wildnis aufgefunden und touristengerecht gemacht hatten!

Den Schluß von Oppermanns Rat und Andeutung dürfen wir jedoch unseren Lesern nicht vorenthalten, denn er war in mehr als einer Hinsicht von Wichtigkeit und in jeder ungemein merkwürdig.

»Ohne meinen Dorst hätten Sie lange suchen sollen, liebste junge Herrschaft! Das Trinkgeld ist redlich verdient, da verlassen Sie sich auf Oppermann. Aber eines will ich Sie noch in den Handel geben, Fräulein; nämlich zweierlei. Als wie erstens, wenn Ihnen etwas Absonderliches begegnen sollte auf dem Wege, so erschrecken Sie mich nicht zu arg. Es meint's nicht böse und es tut Ihnen nichts, und mehr darf ich nicht sagen. Ewige sagen, es ist ein Spuk, andere sagen, es ist eine Dummheit; aber Oppermann sagt, alle sind sie Esel und kennen den Wald nicht und was sein Wesen in ihm hat bei Tag und Nacht, bei Sturm und Sonne, bei Winter- und Sommerzeit. Passen Sie nur auf! wenn Es sich meldet, so denken Sie an Oppermann. Es kennt mich, und wenn Es hinter mir lacht, so denk' ich nur: Na, na! – und wenn Es mir als ein Funken, Vogel oder als eine nackte Jungfer in Spinneweb kommt, dann sage ich auch: Na, na! – und Es kennt Oppermann auch, und Es ist es und nicht das Echo, das lacht: Aber, Oppermann, Oppermann! und auch sein Pläsier an mir hat –«

»Allmächtiger, Hilarion!« rief Ernesta in heller Angst, »hat es nicht vorhin schon gelacht, und wir wußten nicht, was es war?«

»Sehen Sie, Fräulein!« sprach der Alte, sich fester auf den Füßen stellend und mit dem Zeigefinger auf das angstvolle Kind einbohrend – »Das ist Es schon gewesen! Das war Es! und nachher kommen die Leute und sagen, Oppermann hat wieder mal 'nen Rausch gehabt, welches ich von Ihnen doch nicht denken kann, liebes Fräulein.«

»Hm!« murmelte der Assessor, an die Stirn greifend, und:

»Wir wollen umkehren! ich will zu Papa und Mama!« rief das Liebchen.

»Wir wollen weiter – wir müssen und wollen weiter!« rief der Liebhaber, den Arm um das zitternde Mädchen legend, und Oppermann meinte, ganz väterlich begütigend und beruhigend:

»Ja, gehen Sie nur ruhig zu! Es tut Ihnen nichts, Fräulein; gar nichts! Lachen Sie wieder, wenn Es lacht; das hat Es am liebsten, und womit ich zu meinem zweiten Punkt komme, nämlich zu dem Herrn Konstantius, wenn Sie ihn zuerst zu Gesicht kriegen werden, daß Sie denn nicht erst recht erschrecken und mit Recht. Schauderhaft! schauderhaft, sage ich Ihnen! Mit Erlaubnis, haben Sie in Ihrem Leben schon früher einmal einen Einsiedler gesehen?«

»Nein – bis jetzt noch nicht,« stotterten Hilarion und Ernesta, worauf Oppermann, mit der Hand rechts abwinkend, während er das Haupt gegen links neigte, stöhnte:

»Na, denn gratuliere ich.«

»Wozu?« rief Hilarion, allmählich auch immer verstörter um sich blickend.

»Dazu, daß Sie wahrscheinlich erst bei einbrechender Nacht die Bekanntschaft machen. Scheußlich, schauderhaft, gräßlich! – Vor dreißig Jahren ging es noch an; aber dreißig Jahre lang ungekämmt und ungewaschen ist eine schöne lange Zeit. Ich bin sein Freund; aber wenn ich ihn nicht kennte, so brauchte ich länger als einen Tag, um ihn ansehen zu lernen. Uh, und wenn Sie keinen Einsiedler kennen, so kennen Sie auch keinen Einsiedler, der ein Stück von einer Eichel vom vorigen Jahre in seinem letzten Backenzahn stecken hat –«

»Siehst du, Ernesta!« schrie Hilarion, »o Rosa! o, du guter Geist – o Rosa! – Ernesta! siehst du, es war kein Traum, ich habe dich nicht getäuscht – er hat Zahnweh – wir finden ihn zu Hause, und alles,

alles wird gut, mein Herz, mein Lieb, mein liebes, armes, liebes Mädchen, und nun komme mir nicht wieder mit deinem Gartenfest morgen abend und dem verruchten Laffen, Monsieur Richard d'Erbacher, deiner Mama Patenkind! ich halte es nicht aus! Da haben Sie meine ganze Börse, Oppermann! und jetzt komm, mein Herz; wir finden den Weg, wir finden den Vater Konstantius, und alles, alles wird gut, – komm, komm!« Er zog die Geliebte fast heftig hinter sich drein; Oppermann aber, den Geldbeutel des entzückten Jünglings in der harten, knochigen, haarigen Tatze, sprach schwankend das tiefsinnige Wort:

»Und nachher – soll ich – denn immer allein überquer gehen und Dinge sehen und hören – die kein anderer sieht – und die Oberforstbehörde – am wenigsten. Na, laß sie nur gehen, Oppermann; wir beide kennen uns, – und der Herr Konstantius kennt uns auch.«

Achtes Kapitel.

Es war eine Luft, eine Beleuchtung und ein Weg, die das misanthropischste Menschenkind lockend aufforderten, immer tiefer hereinzukommen in den Wald und sich niederzulassen in der süßen Einsamkeit fern des Lärms der Städte, aber – als Zweisiedler! ein Männlein und ein Fräulein in Einem Birkenhüttchen!

Der treffliche Oppermann war selig seines Weges weitergestolpert, in Ernestens Herzchen wurde es allmählich wieder ruhiger, und Hilarion zerdrückte eine Träne in jedem Auge; er hatte sich noch nie so ganz als Dichter und so ganz und gar nicht als Assessor bei der Regierung empfunden.

Sie gingen auch immer weiter hinein in die Wildnis, wie die gute Stunde sie lockte. Die Villa Piepenschnieder und Papa und Mama, der Püterichshof mit dem Onkel Püterich und dem Herrn von Magerstedt, die da draußen vor dem Walde sie erwartende Droschke samt dem mürrischen Kutscher wurden zu vor langen, langen Jahren in einem Märchen belächelten Unwirklichsten und Vater Konstantius mit und ohne seine Eichel im hohlen Backenzahn die einzige Realität in der ganzen weiten Welt.

Da kicherte es zum zweiten Mal, doch diesmal ganz zweifellos dicht vor ihnen, – und Es zeigte sich! Die beiden jungen Leute standen still – sie erblickten Es, und wir – wenn wir Es unsern Lesern und vor allen der Leserin zeigen könnten, würden auf der Stelle unsere Feder ausspritzen und unser Tintenfaß aus dem Fenster gießen: wir hätten absolut nichts mehr zu sagen, nichts mehr zu schreiben, nichts mehr zu beschreiben! *Innocentia* würde uns all und jeder Verpflichtung und Verantwortlichkeit entledigen! – – –

Da lag in der jetzt in röteres Licht sich kleidenden Abendsonne vor dem jungen Paare das, was das Volk eine Untiefe oder Grundlose nennt; nämlich ein stehend Gewässer von geringem Umfange, aber einer nicht aus, gemessenen Tiefe. Der Busch, aus dem sie, die Lieben, den, hervortraten, zog sich dicht heran, doch der Hochwald umzirkelte das stille Wasser erst in einer Entfernung von dreißig bis vierzig Fuß und ließ infolge eines alten Windbruchs, gegen Westen zu, der sinkenden roten Sonne sogar einen ganz freien Raum zu einem letzten Blick in den gründunklen Spiegel. Von Sumpfpflanzen, Wasserspinnen und Wasserkäfern haben an solchen feuchten Stellen und bei solchen Gelegenheiten andere geredet: wir erzählen, was Hilarion und Ernesta sahen.

Ein einzelner knorriger Weidenstamm lehnte sich von der westlichen Seite her über das Waldwasser und streckte weithin seine wunderlichen Zweige und hing sie fast bis zu dem kühlen Spiegel hinunter; und auf einem dieser Zweige schaukelte sich ein Wesen, das jeglichem Anspruch an eine Geister- oder Heiligen-Erscheinung Genüge leistete, nur nicht durch die Bekleidung.

Unbeschreiblich lieblich von Miene und Figur, aus Minne, Luft und Duft gewoben und von der roten Sonne durchleuchtet – ein Zauber – ein Spuk sondergleichen! ein lächelnd Nymphchen und – voll, ständig im vergeistigten Kostüm einer ersten Tänzerin der königlichen Bühne, wie sie vor einem Menschenalter in dem damals neuesten Ballett vor den Augen und Operngläsern des damaligen entzückten Publikums umherschwebte! – – – – – – – – – –

Innocentia – in diese alte Weide in der Waldwildnis gebannt zur Strafe ihrer Sünden, wie Rosa von Krippen wegen der ihrigen hinter die Tapete im Zimmer des Barons und Onkels Püterich im Püterichshofe! – »O, es gibt noch eine ewige Gerechtigkeit!« dürften dreist sämtliche Moralisten und Moralistinnen des Weltalls ausrufen. –

Die zwei Liebenden im Fleisch, Hilarion und Ernesta, standen aneinander gedrückt, zurückweichend und doch nicht im mindesten ob des Anblicks schaudernd.

»O Hilli!« hauchte die Jungfrau, und der Assessor flüsterte:

»Still, Herz! Wir wären nicht auf dem Wege zum Vater Konstantius, wenn wir nicht alles für möglich hielten!«

»Es lebt! Sieh doch, es winkt!« flüsterte wieder die Jungfrau atemlos, und der Assessor flüsterte seinerseits:

»Und Es winkt uns!«

»Uns!« hauchte Ernesta. »O Himmel, Es will uns doch nicht in den Sumpf locken?«

In diesem Augenblick lachte Innocentia; und der Wald, das stille Wasser im Walde, die Sonne in dem Wasser, die Sonne an den hohen Stämmen des Hochwaldes lachten alle mit, wenngleich unhörbar; wäre Oppermann noch vorhanden gewesen, so würde der gleichfalls mit gelacht haben, jedoch aus vollem Halse.

»Ich bin die gute Seele – die verkannte gute Seele! Ich bin der Welt Fröhlichkeit, und recht ist mir geschehen!« sang der liebliche Spuk. »Ich hab mein Erdenherz an einen Narren gehängt und bin in eine hohle Weide zu meiner Besserung gesperrt worden, und mein Narr hat heut ein Stück von einer Eichel in einem hohlen Zahn! Willkommen in der Einsamkeit, Hilarion und Ernesta!«

»Rosa von Krippen sendet uns, Madonna!« stammelte der junge Mann, den Strohhut in der Hand; und der reizende Spuk erhob beide durchsichtige Hände, legte die eine dann an die Stirn, die andere auf den Busen und hatte alle Mühe, sich auf seinem Zweige im Gleichgewicht zu halten vor Lachen:

»Rosa von Krippen! – Rosa hinter der Tapete?!«

»In dem Püterichshofe!« rief Hilarion.

»Wo der Onkel Püterich wohnt,« setzte Ernesta, immer mutiger werdend, hinzu.

»Dann ist uns beiden die Erlösung nahe!« sang die Erscheinung in der Weide. »So ist die Zeit der Prüfung vorüber – willkommen im Walde, junges Volk! Es ist gut sein im Walde, selbst in der Verbannung, Hilarion und Ernesta! und wenn ihr sündigt, sündigt aus einem guten Herzen, auf daß ihr auch in den Wald, in eine hohle Weide gesperrt werdet, und nicht hinter eine Tapete im Püterichshofe! Arme Rosa! arme Rosa! arme Rose hinter der Tapete! Ich hätte es lieber tausend Jahre hier ausgehalten als einen Tag an ihrer Stelle!«

»Zu Konstantius, dem Einsiedler, schickt uns Fräulein von – schickt uns Rosas – Geist,« stotterte der Assessor bei der Regierung; aber er hatte sich im hellen Schrecken platt an die Böschung der Grundlose in das hohe Gras gesetzt und seine Braut mit sich niedergezogen, denn Innocentias Geist tat bei seinen Worten auch einen Sprung der Überraschung auf dem Weidenbaum und schwebte fast eine Minute lang, Kopf unten, ungefähr sechs Fuß hoch über dem höchsten Zweige in der stillen warmen Abendluft. Ein Anblick, wiederum gar nicht zu beschreiben!

Wenn junge Mädchen in freudigem Entzücken lachen, so klingt das ungemein lieblich; aber der silberne Klang der Lust, der jetzt durch den Wald zitterte, war mit keinem Laut einer Menschenstimme, auch der lieblichsten nicht, zu vergleichen. Und die Wirkung auf die zwei jungen Leute war um so größer, als in dem nämlichen Augenblick die Sonne hinter dem Horizonte, das heißt dem Walde im Westen versank, der rotgelbe Schein aus den Wipfeln und von den höchsten Stämmen des Forstes forthüpfte, und hier auf einen schönen Tag ein womöglich noch schönerer Abend folgte. Das freie Land draußen lag natürlich noch längere Zeit in den roten Strahlen.

Die Erscheinung über der alten Weide war verschwunden; aber das vibrierende Kichern in der stillen Luft dauerte noch einige Sekunden fort.

Dann klang es geisterhaft melodisch und seltsamerweise ein wenig spöttisch:

»Konstantius! Konstantius! – Bitte, grüßen Sie Konstantius!« und nun war alles still, und die schöne Wildnis war von neuem bereit, ruhig jede Bemerkung, jedes kluge Wort, aber auch jede Dummheit anzuhören, in denen, ihrer erneuten Verwunderung Luft zu machen, die zwei armen Kinder, Ernesta und Hilarion, sich gedrängt fühlen mochten.

»Oh!« seufzte Ernesta, ohne fähig zu sein, sich eine weitere Bemerkung zu gestatten. Zu letzterer war Hilarion imstande; ja ihm als dem stärkeren Mann gelang es sogar, alle seine Geistesfähigkeiten allen Gesichtern und Klängen aus Dschinnistan zum Trotz zusammenzuraffen und vermittelst einer Dummheit von neuem in der Wirklichkeit festen Fuß zu fassen.

»Es ist verschwunden!« sagte er, und das war die Bemerkung.

»Wir sind wieder unter uns allein!« fügte er hinzu, und das war die Dummheit.

Neuntes Kapitel.

»Scheußlich! schauderhaft! gräßlich!« hatte Oppermann, der doch wahrscheinlich auch in dieser Beziehung viel vertragen konnte, gesagt, und es verhielt sich ganz so, wie er sagte: der Vater Konstantius, der Waldbruder, war ein Anblick zum Rücküberfallen. Versuchen wir es nunmehr, uns ihm zu nahen, ohne die Augen zuzukneifen, wie ein Kind, das überredet worden ist, einen Igel anzurühren.

Auch wir haben einen Igel anzurühren und überlassen es der Leserin, in ihren naturhistorischen Schulerinnerungen nachzublättern und sich ins Gedächtnis zurückzurufen, daß es mehrere Arten von Igeln gibt, und darunter eine, vielleicht dann und wann auch von ihr, der liebenswürdigen, reinlichen Leserin, bildlich verwendete, sehr bedenkliche Sorte.

Der Vater Konstantius saß vor der Tür seiner Hütte, strickend an einem blauwollenen Strumpf. Einen zweiten Strumpf, ebenfalls von Wolle, aber von graubrauner Farbe, hatte er sich vermittelst eines rotbraunen und außerdem mit dem Porträt des regierenden Landesherrn geschmückten Taschentuches auf die geschwollene Backe gebunden, und wer da weiß, wie unter solchen Umständen der ehrwürdigste Langbart sich präsentiert und zu einem Schrecknis wird, und wer dabei auf seine äußere Erscheinung etwas hält, der geht sofort hin und läßt sich das zierlichste Bärtchen glatt wegrasieren. Auch wir sind dann und wann Heiligenmaler gewesen, auch wir können idealisieren, wir könnten sogar den Vater Konstantius idealisieren; aber wir tun es nicht! Wir malen ihn nach der Natur, die nach einem alten bekannten Liebe in jedem Kleide schön sein soll: Einen gibt es ja vielleicht doch wohl unter den vorbeiziehenden Geschlechtern der Menschen, der mit der Hand grüßend winkt und dabei lächelt, wie wir uns es wünschen! – dem Einen oder der Einen werden wir dann selbst den Teufel nicht zu schwarz malen. –

Da der Vater Konstantius gezwungen war, seine Wäsche im Waldbache selber zu besorgen, und er überdem keine Gabe dafür hatte, so übertraf sein Weißzeug manches Schwärzliche an Düsterheit. Seine, wie schon zu Anfang bemerkt, durch einen Strick um den Leib zusammengehaltene Kutte war arg geflickt und nicht von einer Hand, die geschickt mit der Nadel umzugehen wußte. Wenn auch er nach Art der Eremiten Sandalen trug, so steckten heute doch, seines Unwohlseins halber, seine Füße in zwei umfangreichen Filzschuhen.

Er sang kein Abendlied, kein weißes Täubchen saß ihm zärtlich auf der Schulter; er fütterte kein frommes Reh mit frommer Hand; – er hatte auf eine zu harte Eichel gebissen, er hatte fürchterliches Zahnweh, er hatte seinen Freund Oppermann mit dem strengsten Befehl fortgeschickt, ihm wenigstens heute keine Menschenseele auf dreitausend Schritte nahe kommen zu lassen, und – das einzige Glück war momentan, daß – Hilarion und Ernesta nicht drei oder mehr Monate nach ihrer Hochzeit um Rat, Trost und Hülfe zu ihm geschickt worden waren.

Das würde dann vielleicht auch eine schöne Geschichte geworden sein; aber wahrlich keine wie die, welche wir jetzt erzählen! – –
– – – – – – – – – –

Es soll möglich sein, ein heftiges Zahnweh in reinem Quellwasser zu vertrinken; uns ist es noch nicht gelungen. Man soll auch ein Zahnweh verstricken können; dieses haben wir bis jetzt noch nicht probiert; der Vater Konstantius aber schien eben den Versuch zu machen. Er strickte mit einer schier wütenden Verbissenheit an seinem Winterstrumpf; er strickte wie wahnsinnig; – weder bei Zahnweh noch bei irgendeinem anderen Weh haben wir mit einer derartigen dumpfig verstörten Ingrimmigkeit an einer Novelle weiter geschrieben!

Er sah nicht auf, als es seinen Maßregeln und seiner Verabredung mit Oppermann zum Trotz doch wieder im Busch und im welken Laube von Tritten näher kommender Menschen rauschte. Er hatte sich freilich auch die Ohren verbunden; und empor schaute er erst ob des schrillen Schreies, den Ernesta ausstieß, als sie seiner ansichtig wurde.

Ihrer und ihres jungen hübschen Begleiters ansichtig werden und, Strumpf, Nadeln und Wollenknäuel in die Tasche seiner Kutte zwängend, aufspringen, die Kapuze über Schädel, Stirn und Nase herunterreißen und den Rückzug gegen seine Tür antreten, war dem Eremiten – eins. Mit kaninchenhafter, dachsartiger Hast suchte er unterzuschlüpfen. Er stürzte sich Hals über Kopf in seine Hütte hinein; – noch ein Moment und es wäre ihm gelungen, die Tür zu-

zuschlagen und den Riegel vorzuschieben, als Hilarion, seinerseits gleichfalls mit aller Hast zuspringend, ihn hinten am Gürtelstrick ergriff, sein Entweichen verhinderte, den Fuß zwischen die Tür der Klause klemmend, die Verbarrikadierung der letzteren unmöglich machte und dem scheuen Greise flehentlich zuschrie:

»Nur auf ein kürzestes Wort, ehrwürdiger Vater!«

» *Pax vobiscum* – alle Hagel – o, es ist nicht auszuhalten! – Man lasse mich ungeschoren!« kreischte der Heilige, fast geifernd in Verdruß und nervösester Wildheit. »Ich will nichts wissen! nichts hören! nichts sehen! nichts, nichts riechen! Nichts, nichts, nichts!«

Mit der Schulter seitwärts vordrängend, suchte er den jungen trostsuchenden Hausfriedensbrecher wieder über die Schwelle seiner Wohnung zurückzuschieben; und bangend die Hände ringend, sah Ernesta diesem Konflikt zwischen der Welt und der Weltabgeschiedenheit zu, ohne etwas anderes dazu geben zu können als ihre Tränen und ihre Angst.

Ihr Geliebter aber, während er im Innersten seiner Seele ächzte: »Das ist ja in der Tat ein unausstehlicher, ein ganz gräßlicher Kerl!« blieb nach außen hin, abgesehen von seinem hartnäckigen Standhalten auf der Schwelle, die Höflichkeit und liebenswürdige Zutraulichkeit selber.

»Nur auf drei ganz kürzeste Wörtchen, Hochwürdigster!« flehte er. »Ich bitte ganz gehorsamst – Ernesta, Liebe, bitte mit! – Er muß uns hören! es ist seine heilige Pflicht, uns anzuhören!«

Dabei packte er den zappelnden Waldbruder aber immer fester; und dieser, nachdem er sich überzeugt hatte, daß sein Drängen der jugendlichen Kraft des Eindringlings nichts abrang, schien das, was Hilarion eben noch seine heilige Pflicht genannt hatte, nochmals anders aufzufassen.

Plötzlich sich mit einem letzten Ruck losreißend, trat er drei Schritte zurück in das Innere seiner Klause, senkte sodann das bekapuzte Haupt und war eben im Begriff, es als einen Sturmbock zu gebrauchen und im heftigen, unvermuteten Ansprung den überleidigen Gast kopfüber, kopfunter wieder in die freie Natur hinaus zu schleudern, als Hilarion rief:

»Ich bringe ja nur einen Gruß! Die Geisterwelt sendet uns! Fräulein von Krippen und Signora Innocentia schicken uns! Wir –«

Statt zu springen, setzte sich der Vater Konstantius, und zwar auf die platte Erde. Mit beiden Händen auf den Boden sich stützend, sah er empor zu dem Jüngling. Die Kapuze war ihm zurückgefallen, und kein Muskelspiel seines in der höchsten Überraschung aufgespannten Gesichts blieb dem Assessor und der von neuem zitternd an den Geliebten sich schmiegenden Jungfrau verborgen. Beide aber, Hilarion wie Ernesta, gaben ihm in der Beziehung im vollen Maße zurück, was sie empfingen.

Mehrere Minuten hindurch starrte man sich wortlos an; und dann, als der ehrwürdige Greis noch immer keine Anstalt machte, sich wieder zu erheben, überwand Hilarion die letzten Regungen seines Schauders. Er griff dem Alten unter die Arme, und vollständig traktabel geworden, ließ sich der Einsiedler emporziehen und auf den einzigen Stuhl seiner Behausung, den ihm Ernesta zuschob, hinsetzen. Es dauerte aber noch eine geraume Zeit, ehe er die Sprache wiedergewann und sein Stupor sich löste in dem langgedehnten Seufzer:

»Innocentia!«

»Und Rosa von Krippen!« fügte Hilarion hinzu.

»Ist es denn möglich?« stammelte der Alte. »Habe ich den Schlag vor den Kopf wirklich noch verdient nach einer dreißigjährigen Buße in der Wildnis?«

Wieder nach einer Weile stöhnte er:

»O liebes Fräulein, würden Sie wohl die Güte haben, mir einen Topf voll Wasser aus dem Quell nebenan zu holen? Ich würde selber gehen, aber die Beine sind mir wie abgeschlagen.«

Ernesta ging mit dem Topf, und der Vater Konstantius sammelte immer noch an seinen Geistes, und Körperkräften, als sie mit dem klaren, kühlen Trank zurückkam und ihm denselben, ohne daß sie sich sagen konnte, woher ihr der Mut dazu kam, an die Lippen hielt.

»Gießen Sie ihn mir gefälligst über den Kopf!« ächzte der Eremit und Hilarion, den Krug am Henkel ergreifend, führte aus, was man von seiner Braut verlangte.

»Huh – prr – ah – prr – uh! *Ariston men hydor*!« kreischte der Einsiedler, sich schüttelnd, und dann mit einem Male frisch emporspringend und beide Hände gegen die Decke seiner Waldhütte emporstreckend, schrie er:

»Wenn die Toten in der Weise zurückkehren, so komme ich auch zurück. Meine lieben, teuren jungen Freunde, bitte, nehmen Sie Platz und erzählen Sie mir das Nähere. Mein gutes, schönes Fräulein, ich bitte Sie inständigst um Verzeihung wegen meiner Aufführung – ich meine wegen des unhöflichen Empfangs so werter Gäste. Aber ich versichere Sie, liebes Fräulein, Sie haben keine Ahnung davon, wie man von den Leuten hier in der Einsamkeit überlaufen wird. Schöne Einsamkeit – wahrhaftig! Wenn ich hier eine Waldwirtschaft mit einem Schilde ›Zum Einsiedler‹ eingerichtet hätte, so könnte es rundum im Holze nicht lebhafter zugehen! Wenn ich ein Heiratsbureau in den Zeitungen angekündigt hätte, könnten nicht mehr ratlose Hülfsbedürftige meine Vermittelung in Anspruch nehmen wollen. Sie kommen nun wahrscheinlich nebenbei auch mit der Absicht; aber mit Ihnen ist das in diesem Falle ganz etwas anderes. Rosa! – Innocentia! – ich beschwöre Sie, junger Herr, erzählen Sie, berichten Sie, lassen Sie nichts aus! Erzählen Sie mir alles vom Anfang an; – ich bin ganz Ohr!«

Daß wir nun auch noch einmal alles vom Anfang an erzählen, kann und wird niemand von uns verlangen. Ein dahin bezüglicher vereinzelter Wunsch gereichte uns selber zwar zur großen Ehre, aber der großen Mehrheit unserer Leser gewiß nicht zum Vergnügen. Wir erzählen deshalb nur weiter.

Der Eremit war nicht nur ganz Ohr, sondern auch ganz Quecksilber während des Berichtes seines Besuchs. Es zuckte ihm in den Armen und in den Beinen; es zuckte ihm durch alle Glieder, und er sprang nur auf, um sich von neuem zu setzen, er setzte sich nur, um von neuem aufzuspringen.

Anfangs ein wenig befangen und der eigenen Relation nicht trauend, trug der Assessor Hilarion die Geheimnisse dieser und der andern Welt, soweit sie ihm zwischen gestern und heute bekannt geworden; nach und nach immer fließender vor. Liebe und Geist war das Thema. – Die Villa Piepenschnieder, das Gartengitter und die Geliebte; – die hartherzigen Eltern, der schlimme Onkel und Baron Püterich, der Widerwärtigste aller Sterblichen (wie Ernesta drein warf), der Herr von Magerstedt; – das Junggesellenstübchen im Püterichshof, die Mondnacht und Rosa von Krippens Erscheinung, – die Droschke vor dem Walde, Oppermann und das liebliche Phantasma am Weiher im Walde. –

»Halt,« rief der Vater Konstantius, »das ist die Hauptsache! Das übrige war Ihre Geschichte, meine jungen, armen, guten Freunde, – hier aber beginnt die meinige! Lassen Sie sich jedoch nicht unterbrechen, erzählen Sie weiter; es dreht sich alles um mich her, und dazwischen begreife ich Dinge, die mir bisher vollkommen unbegreiflich hier in der Wildnis gewesen sind. O Innocentia, Innocentia, schöne Sünderin! Du warst es, *a matronis detestata*, die hier vor meine Tür gebannt war deiner Buße wegen, und um dich lustig über mich machen zu können? – Großer Gott, und die andere hatte ihre dreißig Jahre hinter der Tapete, hinter Philiberts Sofawand absitzen müssen?! Kinder, Kinder, wenn ihr mit eurem Bericht fertig seid, will ich euch meinesteils alles, alles klar machen! Gütiger Himmel, mir selber ist es so klar, daß der Verstand mir still sieht, das Zwischenreich für mich beginnt und ich in jedem beliebigen Augenblick von meinem Bürgerrecht in Dschinnistan Gebrauch machen kann!«

»Wir sind zu Ende, – nicht wahr, Ernesta!« fragte Hilarion.

»Und wir wollten nur bitten, uns jetzt zu sagen, was wir tun sollen; – es wird so sehr Dämmerung!« fügte die Jungfrau scheu hinzu.

»Davon später,« rief der Einsiedler. »Wir kommen glücklich wieder aus dem Walde heraus! Nehmen Sie Platz, da, setzen Sie sich auf den Rand meines Lagers. Lassen Sie es ruhig Dämmerung, lassen Sie es Dunkelheit, lassen Sie es Finsternis werden, aber lassen Sie auch mich jetzt zum Worte! Ich kenne den Wald durch und durch, ich führe Sie auf einem Richteweg zu Ihrem Wagen, und morgen – komme ich in die Stadt und spreche mit Papa und Mama, und alles wird gut werden; aber augenblicklich muß ich mir Luft machen! Die Wände in der Stadt und die Bäume im Walde haben Zungen bekommen; und wenn die Wände und die Bäume anfangen zu reden, so will und muß ich auch sprechen! Setzen Sie sich und hören Sie zu und nehmen Sie sich ein Exempel dran.«

Hilarion und Ernesta ließen sich auf dem ihnen angewiesenen Platze nieder, und der Einsiedler, Vater Konstantius, entäußerte sich seiner Historie.

Und was kam zum Vorschein?

Alle Glieder fliegen auch uns, und bitterer Zweifel bestürmt uns, ob je die Menschheit sich soweit bezwungen wird, Vernunft anzunehmen.

Nichts anderes kam natürlich heraus als die *Trivialitas trivialitatum*, die uralte, abschmeckige Geschichte, daß ihn, den Waldbruder, die eine liebte, daß er die andere liebte, daß diese andere einen Dritten liebte, und daß dieser Dritte, nämlich der Baron Püterich, der einzige Verständige unter der ganzen Gesellschaft war, da er nur sich selber liebte, jedoch sein Vergnügen nahm, wie er es fand und wo er es fand!

Wir verschweigen an dieser Stelle diesmal den Familiennamen des Vaters Konstantius, da dieser Name sonst noch existiert. Sonderbare Erfahrungen haben uns in der Hinsicht vorsichtig gemacht, und wir lassen unsern Eremiten hin und her hüpfen in seiner Klause und seine Beichte hervorstoßen, ohne uns die Finger zu verbrennen.

»Daß ich einer der elegantesten Gardeoffiziere in der Armee, zugleich ein Weiser und ein Held, war, sehen Sie mir nicht an, Fräulein; aber es verhielt sich so, und daß ich immer ein Mensch von meiner eigenen Fasson war, mögen Sie dreist daraus abnehmen, daß ich seit dreißig Jahren hier sitze, und mich lächerlich mache, und mich von Innocentias Geiste necken lasse. O, mir geschieht schon recht! Wenn ich daran denke, wieviel Politik, Karriere, Wissenschaft und Kunst ich während dieser Zeit versäumt habe, so möchte ich auf der Stelle rasend werden! Und Rosa, Püterichs Verlobte und meine Geliebte, hinter der Tapete! und Innocentia – sie, der Stern in den Nächten von hunderttausend Narren von einer andern Art als ich, Innocentia in dem Weidenbaum am Froschpfuhl! – Und die Süße, die Lichtglänzende, die Arme hat meinetwegen ihrerseits ihre Karriere verfehlt! Sie hätte als Prinzessin XX. sterben können, und sie ist meiner Dummheit wegen am gebrochenen Herzen gestorben! Du liebster Himmel, unglaublich ist es; aber die Bäume sprechen, die Wände reden, und wenn mir die Ohren nach meinem Verdienst wüchsen, würden sie sofort das Dach mir über dem Kopfe durchstoßen! Das also hat mich gezupft? Das also hat mir über alle Pfade geglänzt? Das also hat auf allen Wegen durch diese Langweilerei hinter mir drein gelacht? – O Innocentia, und um was für eine geschraubte und verschrobene Gans habe ich das schönste Glück des Lebens nicht aus deinen Händen und deinem Herzen annehmen wollen?«

»Siehst du, so muß man sein, wenn man wirklich liebt, Hilli!« flüsterte das Fräulein dem Assessor zu, doch dieser hatte keine Zeit, acht darauf zu geben. Mit offenem Munde sah er auf die Sprünge und horchte auf die Worte des Einsiedlers.

Auch dieser auf nichts, als was er selber hervorsprudelte, achtgebend, schrie weiter:

»Und Püterich lebt noch! und Püterich fühlt sich noch immer wohl in seiner Haut! Er, dem Rosa – meine Rosa mit ihrer ganzen Seele sich hingegeben hatte! – Dreißig Jahre hinter seiner Tapete! es ist nicht auszudenken; – man fängt an, an allem zu zweifeln; an Kant, an Hegel, an Schopenhauer! Zweimal zwei ist fünf, und Humboldts Kosmos ist entweder gar nicht geschrieben oder ist vom Freund Magerstedt, den die Kameraden wegen Wechselreiterei, Wucher und *lacheté* aus dem Regiment stießen! Nathan der Weise ist ein Produkt des Patriarchen von Jerusalem; Goethes Werke sind Wagners Erzeugnisse, und Schiller – Schiller ist auf seinem Sterbebett zum Katholizismus übergetreten! Ich selber bin gleichfalls nur das Erzeugnis einer aus Rand und Band geratenen Phantasie, und der letzte Rettungsanker, den ich auswerfen kann, ist einzig und allein, daß ich morgen in die Stadt komme und mit Erbacher, meinem Bankier, spreche. Mit meinem Bankier und Vermögensmandatar –«

»Und mit Papa und Mama!« flüsterte Ernesta verschämt. »Unseretwegen!« fügte sie noch verschämter hinzu.

»Gewiß, mit dem größten Vergnügen! Alles werde ich tun, was in meinen Kräften steht!« rief der Einsiedler, und der Assessor Hilarion Abwarter sprach zu seiner Verlobten gewendet:

»Siehst du, die Geisterwelt hielt nicht umsonst ihre Hand über uns! Er hat einen Bankier! der Herr von Erbacher ist sein Vermögensverwalter! Alles, alles wird gut, und der Onkel Püterich und sein Freund Magerstedt setzen ihren nichtswürdigen Willen nicht durch. Rosa von Krippen wollte es nicht, und Innocentia hat uns lachend im Walde begrüßt.«

»Wozu sie nach allen Richtungen hin die Berechtigung hatte!« schloß der Vater Konstantius, von neuem mit beiden Händen nach dem Kopfe greifend. »Bei allem, was den Menschen zusammenhält, ich denke, wir reden von etwas anderem; – was kann ich Ihnen zur Erfrischung vorsetzen, meine lieben jungen Freunde?«

Zu den Eicheln des vergangenen Jahres riet er selber nicht, und was er sonst noch seinen Gästen anzubieten hatte, wird leider für immer ein ungelöstes Rätsel bleiben, und zwar durch die Schuld Hilarions und Ernestas. Beide dankten eifrig und herzlich für alles. Es war jetzt in der Tat vollständig Dämmerung geworden, und der Abendwind fing bedenklich an, im Walde rund um die Hütte des Klausners zu rauschen. Sie hatten es alle nicht gemerkt, doch nun blickten sie alle in demselben Moment empor und sahen, daß die Nacht gekommen war.

»Was werden Papa und Mama sagen, und was soll ich ihnen sagen?« wiederholte das Fräulein, ihre Hände zusammenlegend.

»Grüßen Sie beide von dem Vater Konstantius und kündigen Sie ihnen meinen Besuch an, liebes Kind,« tröstete der Eremit; und dann führte er sie auf seinem »Richtewege« durch die Wildnis, die liebliche, kühle, lispelnde, rauschende Waldnacht, bis wieder unter die letzten Bäume des Forstes; und die Droschke hielt wirklich noch an der früheren Stelle. Der Kutscher hatte seine jungen Fahrgäste nicht verloren gegeben. Er hatte seinesteils gleichfalls mit Oppermann gesprochen, und Oppermann als ein verständiger, nachdenkender Mensch hatte gesagt:

»Verfluchter Kerl, für die Hälfte des Trinkgeldes, das dir Grobian in diesem Kasu bevorsteht, wartete ich bis ans Morgenrot, wie's im Orgelliede stehet. Und wenn Leonore, oder wie die hübsche kleine Mamsell sonst heißt, erst um Mittag fahren wollte, so wär's mir auch recht. Mein Name ist Oppermann, Herr Oberförster.«

Das hatte dem Kutscher eingeleuchtet, und er riß den Wagenschlag jetzt mit einer Dienstbeflissenheit auf, die wir begründen mußten, um sie glaublich zu machen. Der Assessor hob das Fräulein in das Gefährt, der Einsiedler schob den Assessor hinein, und zu dem Vater Konstantius sprach der Rosselenker:

»Sie steigen wohl lieber zu mir auf den Bock?« Professor der Philosophie war der Bursche nicht, aber er hätte es in jedem Augenblick werden können; und wenn wir je in der Philosophie dieser unserer Geschichte stecken bleiben, wenn uns durch einen schnöden Zufall die vorliegenden Dokumente vernichtet werden sollten, so würden wir uns zur Wiedervervollständigung des Materials dreist und ruhig an ihn wenden können, zumal da er seiner Frage hinzulog:

»Na, drei Fuhrbestellungen habe ich aber der Herrschaften wegen in den letzten drei Stunden verabsäumen müssen.« – –

Die Sterne vom Himmel, und ein Trinkgeld für das nächste Bedürfnis!

Zehntes Kapitel.

»Bin ich es noch?« fragte sich der Waldbruder, als er eine Stunde später wieder einsam und allein am Tische in seiner Hütte saß und in das Licht seiner Öllampe starrte. Er dachte zehn Minuten über die Frage nach und löste sie nicht. Wer löst überhaupt solche Fragen?

»Jedenfalls bin ich ein schöner, ein recht netter Konstantius!« murmelte der Alte. »Blasen mir diese beiden Kinder auf meine dreißig Jahre weisester Weltabgeschiedenheit, nennen mir einen Namen und erzählen mir eine Geschichte, die sie wahrscheinlich selber nicht glauben, und – hier sitze ich und möchte mich selber in die Nase beißen, um den Glauben an meine Existenz im Kosmos wiederzugewinnen! – Innocentia! – Alles dieses sieht ihr doch so ganz ähnlich! So machte sie es im Leben! so führte sie uns alle an der Nase! – Und wohin, wozu wollte sie mich, als wir alle noch jung waren, führen, ziehen? – Wie glänzt und lächelt das lieblich durch die Nacht der Zeiten! – Und sie hatte einen so üblen Ruf und war doch die Schönste, die Beste, die Unschuldigste von ihnen allen! – Innocentia! Wie haben wir uns so grimmig lächerlich gemacht, wenn wir über ihren süßen Namen lachten und schlechte Witze darüber rissen! – Uh, nun hat sie dreißig Jahre lang hier im Walde über mich gelacht, und recht ist mir geschehen! O du mein Heiland, was für Witze werden sie und ihre Genossen und Genossinnen in Busch und Baum, im Bach und Sonnenstrahl, im Wind und Regen über mich gemacht haben? Und dann die andere! – dreißig Jahre hinter der Tapete? es ist nicht auszudenken, aber ähnlich sieht es ihr auch! – O Püterich, Püterich, Philibert Püterich, ich habe freilich die Absicht, dich morgen meine ganze Verachtung fühlen zu lassen; aber eins hat mir die Einsamkeit verliehen – Selbsterkenntnis! und der größte Narr von uns zweien bist du nicht gewesen. Und dieser Magerstedt! – o du mein Leben, wie diese Kerle sich amüsiert haben werden, derweilen ich hier als ein Schuhuh saß – Uh!«

Der hohle Backenzahn und das Stück von der anachoretischen Frucht des Eichbaums drin, die bis jetzt geschwiegen hatten, meldeten sich auch von neuem, und zwar als müßten sie viel Versäumtes nachholen.

Mit beiden Händen an der Backe, ächzte der Einsiedler um seinen Tisch herum.

»Das kommt nun auch alles zusammen!« stöhnte er. »Und dabei soll man dann seine Beschaulichkeit unverstört erhalten. Aber ich habe es mir lange gedacht, daß dieser Ort für meine Konstitution zu feucht sei. Was bin ich hier anders gewesen als ein Trockenwohner für Fuchs, Luchs, Dachs und Eule? Da hat selbst sie es angenehmer gehabt bei ihren Wanzen, meine – Rose, Rosa von Krippen! Ich kenne das alte Gebäude, – die Jahrhunderte haben dran getrocknet. O Innocentia, Innocentia! – ich lasse mir ihn ausziehen, und – bei allen Dämonen in allen Elementen – ich ziehe selber aus. Morgen mit dem frühesten bin ich auf dem Wege zum Zahnarzt – das ist wenigstens ein plausibler Grund für einen Charaktermenschen, um seinen festesten Vorsatz zu ändern! Nebenbei werde ich dann ja auch wohl erfahren, was an der Kindergeschichte, die mir da das junge Volk der Gegenwart vorhin vorgetragen hat, Wahres ist. Eines sieht fest: weder zu diesem greulichen Ziehen in der Kinnlade, noch zu den Wundern, die dies unglücklich verliebte Pärchen mir aus der Stadt und aus dem Walde zutrug, braucht die eigene Phantasie das geringste hinzuzutun.«

Damit setzte er sich wieder oder fiel vielmehr erschöpft auf seinen Stuhl zurück. Er nahm die heiße Stirn in die Hand und heulte dumpf vor Schmerz und in der Erinnerung früherer Tage. Am andern Morgen aber finden wir ihn sonderbarerweise noch am Leben. –

Der andere Morgen fand seinerseits die kleine Ernesta, in Tränen und Verzweiflung aufgelöst, in ihrem Kämmerlein in der Villa ihrer guten, sorglichen Eltern sicher hinter Schloß und Riegel, und machen wir Papa und Mama durchaus keine Vorwürfe deshalb. Wir würden unser Töchterlein unter den obwaltenden Umständen gleicherweise hinter Schloß und Riegel verwahrt haben.

Wie die junge Sonne den Assessor Hilarion fand? – Wir geben Stift, Pinsel und Farbentöpfe in die Hand der Leserin und überlassen ihr die Ausmalung; sie wird sicherlich das richtige Kolorit treffen.

Der Herr von Magerstedt machte erst gegen Mittag Toilette, und auch dabei sind wir nicht gern zugegen. Aber der Onkel Püterich?!

Er hörte den Freund im Stockwerke unter sich bei seiner morgendlichen Verschönerungsarbeit summen und husten und bekam mehrfachen Besuch von verschiedenen Gläubigern, die sich heute, wie sie sich ausdrückten, zum allerletzten Mal zum Narren halten ließen. Außer dem jungen Tage hielten zwei Geisteraugen den Onkel, hinter der Tapete hervor, scharf im Blick; – o könnten wir ihn doch auch mit diesen Geisteraugen, mit den Augen Rosa von Krippens, sehen! Da wir es nicht vermögen, da wir nicht den leisesten Funken einer gespenstischen Liebesflamme gegen ihn in uns zu erwecken imstande sind, so bleibt uns nichts übrig, als uns schaudernd abzuwenden:

»Brrrr!« – – – –

Frische Luft ist uns wieder einmal das erste aller Bedürfnisse geworden, und es zu befriedigen, liegt gottlob in unserem Vermögen. –

Der große Wald schüttelte im Sonnenschein den Nachttau ab, und der Einsiedler, Vater Konstantius, verließ den Wald, um sich nach dreißig in der Abgeschiedenheit von der Welt zugebrachten Jahren zum ersten Mal wieder in die Stadt zu verfügen und mit seinem Bankier zu sprechen. –

»Ah!« – – –

O wie der Wald hinter ihm drein gelacht und gekichert, o wie Innocentia sich über ihn amüsiert hatte! Über ihn, seinen verbundenen Kopf, den Strick um seine Hüften und den dicken Prügel, den er zu seinem Schutz und Trost aus seiner Sammlung von Knitteln zur Begleitung ausgewählt hatte. Bis unter die letzten Bäume hatte ihn der seine, der zierliche, der lustig, liebliche Spuk, der nicht hinter der Tapete gesteckt hatte, begleitet, und dann – war seit Erschaffung der Erde noch nie eine Lerche so hoch in die blaue Luft gestiegen, als die, welche bei dem Austritt des Alten aus dem jungen Gebüsch über seinem Haupte hing und zwitschernd aus Voltaire tirelierte:

» C'est le triomphe de la raison, de bien vi, vi, vi vivre avec les gens, qui n'en ont pas!«

»Und dreißig Jahre lang hab' ich mit mir selber gelebt!« stöhnte der Vater Konstantius in demselben Moment, wo der kleine kluge

Vogel aus dem blauesten Äther zurückfiel in die Ackerfurche zwischen die hohen Halme des Weizenfeldes.

»Konstantius!« rief es noch einmal spöttisch-zärtlich im Walde; doch der Alte zog den Kopf zwischen die Schultern und stapfte weiter, von der frischen Höhe hinab, der Dunstwolke zu, welche die Stadt überhing. Die Geisterwelt muß wohl mit einem ausgebildeten Sinn für innere geistige Schönheit begabt sein; wir in Innocentius Stelle würden dem grauen Biedermann ganz etwas anderes nachgerufen haben. –

Er rannte zu. In einem kurzen Trabe nahm er den uns bereits bekannten Weg zur Stadt unter die Füße. Erst fünfzig Schritte von der ersten Vogelscheuche im Felde, die gleich ihm mit einem dicken Prügel bewaffnet war und auch sonst ihm ungemein ähnlich sah, fiel er in einen gemäßigteren Gang. Er hatte diese Vogelscheuche aus der Ferne für den ersten lebendigen Menschen auf dem Pfade zu den übrigen Millionen seiner Brüder und Schwestern gehalten, und er atmete befreit auf, als er sah, daß er sich geirrt habe.

Der erste wirklich lebendige Mensch, der ihm begegnete, war ein altes Weiblein, das seinerseits ihn anfangs für eine Vogelscheuche genommen zu haben schien und hell aufkreischte, als es seinerseits sah, daß es sich gleich, falls geirrt hatte.

Mit gefalteten Händen stotterte die Alte ein Stoßgebet.

»Friede sei mit Euch! guten Morgen – ein angenehmer – Morgen, Mütterchen!« sprach der Eremit, den der Eindruck, welchen er hervorbrachte, beinahe noch einmal zur Umkehr bewegen hätte. Aber ein neues scharfes Zucken durch den Zahn machte ihn zum Herrn seiner sonstigen Empfindungen. Er schritt weiter und traf auf den zweiten Lebendigen, einen reitenden Wächter der öffentlichen Sicherheit, der nicht aufkreischte, sondern seinen Dienstgaul anhielt und den Vater Konstantius nach seiner Legitimation fragte.

Der Gestellte hatte zu antworten, und diesmal wäre er beinahe umgekehrt worden, und er entging diesem Schicksal nur mit genauer Not.

Papiere konnte er nicht aufweisen; die idealste Ausfassung von Welt und Leben kam dem Mann mit dem Helm und Säbel nicht nur

»verflucht kurios«, sondern auch »verteufelt verdächtig« vor; – Oppermann aber half.

In seiner höchsten Verlegenheit berief sich der Alte auf seinen Freund Oppermann, und der Dragoner sprach:

»Dem Seiner sind Sie? Nun, das hätten Sie ja gleich sagen können, Herr! – Zum Zahnarzt wollen Sie? Dieses konnte ich Ihnen doch nicht anfühlen; – das haben wir alle Tage, daß wir solch einen Vagabunden von einem falschen Gebresten kurieren. Aber da Sie Oppermann Seiner sind, so ist das freilich eine andere Sache; wir haben dann schon manchmal zusammen über Sie diskutiert, und so marschieren Sie nur zu und versuchen Sie's selber drunten, ob man Sie durch die Barriere läßt. In der Stadt mögen Sie dann meinetwegen aussehen, wie Sie wollen.«

»Ich empfehle mich, Herr Wachtmeister,« sprach der Einsiedler, und der Landdragoner, an den Helm greifend, sah ihm noch eine geraume Weile kopfschüttelnd nach.

»Wenn der nicht ins Naturalienkabinett gehört, so will ich mich samt meinem Pferde ausstopfen und zum öffentlichen Nutzen und Pläsier drin aufstellen lassen!« brummte er, ehe er weiter trabte. »Aber es hat mich doch gefreut, endlich den Kerl einmal gesehen zu haben.«

In der Pappelallee war schon ein bunteres Leben, und der Vater Konstantius wünschte sich eine Tarnkappe, um ungesehen die Stadt zu erreichen. Jede ihr Dasein auf die Verwunderung der Menge gründende öffentliche Persönlichkeit hätte ihn um das Aussehen, welches er erregte, beneiden können.

»Hurrjeses!« staunte das gemeine Volk.

»Aber ist es denn möglich? Gibt es dergleichen wirklich noch?« fragten sich die Gebildeten; und der Waldbruder zog statt der mangelnden Tarnkappe die Kapuze über die Nase und wendete sich in äußerster Beklemmung am ersten Tore seitwärts. Er wagte es hier noch nicht, einzutreten; scheu schlich er über die Promenade zum zweiten Tor, und – da erst wagte er es.

Zu seinem Glück wurde gerade inmitten des bekannten großstädtischen Getümmels ein Betrunkener auf die Wache geführt.

»Oppermann!« murmelte der Eremit. »Ich setze ihm eine lebenslängliche Rente dafür aus!« fügte er hinzu, und mit drei weiten Schritten befand er sich gleichfalls inmitten des Gewühls und war geborgen. Fünf Minuten später stand er im Schatten eines öffentlichen Monuments, schwindelnd, aber doch gefaßter. Letzteres hinderte freilich durchaus nicht, daß er wie ein Verzückter um sich starrte; er hatte es ganz und gar vergessen, wie viele Menschen und wie viele Dinge sonst noch es auf Erden gab. Jeder Rippenstoß, den er erhielt, war ihm eine neue Offenbarung: und wieder eine Viertelstunde später stellte er, auf einem Eckstein an einem weiten, sonnigen, wimmelnden Marktplatze sitzend, selber an sich die Frage:

»Aber ist es denn möglich? Gibt es – mich denn noch in der Welt?« – –

Da sich jetzt niemand mehr um ihn kümmerte als ein altes Fischweib, das ihn recht freundlich grüßte, und da ihn sogar die Polizei vollständig ignorierte, so wurde es ihm allgemach ganz vergnüglich zumute. Sein Zahnweh war ob der Aufregung auf einmal wieder wie weggeblasen, und er fing an, Hunger zu verspüren, und sah sich nach einer Gelegenheit um, denselben zu befriedigen.

In einer Spelunke niedrigsten Ranges speiste er zu Mittag und zwar seit langen Jahren zum ersten Male warm. In einer Restauration höherer Art würde ihn kein Kellner etwas Anderen als eines Rufes nach dem nächsten Schutzmann gewürdigt haben; aber bei der irdenen Schüssel und dem Blechlöffel fand er Gesellen, mit denen er auf gleichem Fuße stand; das Getränk war auch zu loben; und höchlichst gestärkt – »als ein ganz anderer Mensch!« – erhob er sich von der Bank, um von neuem in die heiße Mittagssonne hinauszutreten.

Das Interesse an den immer wechselnden Bildern um ihn her wuchs dergestalt, daß er nach und nach ganz vergaß, weshalb er eigentlich hergekommen sei. Die Straßen auf und ab wandelnd, widmete er den Schauladen ein stets steigendes Interesse. Vor den Fenstern der Buchhändler widmete er den Titeln der neuesten Bücher das intensivste Anstarren. Wir könnten mehr als einen Kollegen an dieser Stelle glücklich machen, indem wir durch die spezielle Erwähnung des Titels seiner Bücher an seiner Unsterblichkeit mitarbeiteten, aber –

Der Vater Konstantius reißt uns nach der anderen Seite der Gasse hinüber. Hier, vor einem Schneiderladen stehend, vergleicht er sein jetziges Kostüm mit dem, was er vor dreißig Jahren ablegte, und dieses wieder mit dem, was heute Mode ist; und dreimal mit dem kleinen Finger der rechten Hand die Stirn berührend, murmelt er:

»Hm!«

Kopfschüttelnd kreuzte er von neuem die Gasse und stand wieder eine Weile vor dem Fenster des Buchhändlers.

»Sonderbar!« sagte er und dann nach einem längeren Nachdenken: »Der Kerl ist sicherlich im Besitz eines Spiegels!«

Nun wendete er sich, seinen Weißdornknittel hoch hebend:

»Bei allen Geistern in der freien Natur und hinter der Tapete, daß ich den Leuten kurios vorkomme und daß ich aus der Mode bin, weiß ich; aber wissen will ich jetzt, zum Henker, wie ich eigentlich aussehe!«

Und seinen Stab weit hin unter das erstaunte, lächelnde Volk schleudernd, griff er erst in seinen Bart und dann in seinen Busen:

»Es geht nicht anders! Ich muß mich sehen! Vom Kopf bis zu den Füßen muß ich mich endlich einmal wieder sehen!«

Auch der *maitre tailleur* würde sofort nach der Polizei gerufen haben, wenn nicht der seltsame, wie außer sich in seinen Salon hereinstürzende Kunde ihn augenblicklich in der Sprache des Erbfeindes angerufen hätte:

» *Un moment, monsieur! Je m'expliquerai en deux mots*! Nur drei Worte, mein Bester!«

Drei Worte und der Wurf einer alten abgegriffenen Lederbrieftasche auf das Bureau des Künstlers genügten vollkommen. Der Vater Konstantius explizierte sich auf eine Weise, die den *Gentleman taylor* mit offenem Munde lauschen ließ und ihn ungemein höflich machte.

» *Disposez de moi!*« stammelte er. » *Je ferai tout pour vous obliger, monsieur le baron!*«

»Aber Zeit habe ich nicht!« schrie der Einsiedler.

»Ich glaube, den Herrn Baron auf der Stelle und ganz nach seinen
Intentionen bedienen zu können, und es wird mir eine sehr große
Ehre sein,« stotterte der Schneider, in aller Verdutzung und Betäu-
bung mit den ungeheucheltsten Bücklingen sich die Hände reibend.
So etwas war ihm selbst in London und Paris nicht vorgekommen!

Elftes Kapitel.

Der Püterichshof lag schwül in der hundstäglichen Spätnachmittagssonne, so weit dieselbe ihn abreichen konnte, da. Es war dazu ein eifriger Geschäftstag der Firma Aldenberger und Kompagnie, und ein fast wildes Getreibe herrschte vor den Torwölbungen, in den Höfen, Magazinen und auf den Speichern des alten Patrizierhauses. Lastwagen und Rollwagen fuhren ab und zu; Fässer wurden gerollt, in Keller versenkt und aus Kellern emporgewunden: Ballen und Kisten lagen hoch aufgetürmt oder schwebten an den Windeseilen von den Dachluken herab oder zu ihnen empor. Auf, und Ablader, Kommis, Buchhalter und Prinzipale befanden sich in brennendster Tätigkeit. Niemand schien für irgend etwas Zeit zu haben, und ein ältlicher, höchst anständiger Herr von sehr komfortablem Äußeren, der sich im Getümmel des Hofraumes nach einigen Mietsbewohnern des Gebäudes erkundigte, hatte seine Fragen mehrfach zu wiederholen, ehe er eine befriedigende Antwort erhielt.

»Baron Püterich? – Vorderhaus, linker Flügel, dritter Stock! – Herr von Magerstedt? – Zweites Stockwerk, eben dort! – Assessor Abwarter? – Hintergebäude, drei Treppen hoch, dort in die Tür!«

»Ich danke gehorsamst,« sprach der alte Herr mit dem rundlichen Bäuchlein und dem spanischen Rohr mit Goldknopf. Dabei rieb er sich das glattrasierte Kinn und zupfte an der Krawatte wie jemand, der sich nur mit einiger Mühe in einer ihm fremden Umgebung orientiert.

»Werde ich die Herren wohl zu Hause treffen?« fragte er noch einmal und hatte sich mit der Antwort zu begnügen:

»Darüber führen wir nicht Buch. Erkundigen Sie sich, Herr.«

Der alte Gentleman stieß ein wenig entrüstet sein spanisch Rohr auf den Boden und brummte etwas nicht ganz Verständliches vor sich hin; dann aber schritt er würdig der Tür und dem Hintergebäude zu, die, wie man ihm angegeben hatte, zur Wohnung des Assessors emporführte.

»Am Ende habe ich es noch für einen Trost zu nehmen, wenn ich den jungen Menschen auf seiner Stube finde!« murmelte er und stieg ein wenig mühsam die steilen Treppen empor.

Die Abendsonne vergoldete die Fenster des jungen Menschen, die Photographie seiner Geliebten auf der Miniaturstaffelei zwischen den Papieren des Schreibtisches und – mit einem letzten lächelnden Blick den jungen Menschen selber. Er aber lag auf dem Sofa, beide Hände unter dem wirren Haupte und vorläufig total unfähig, einen zureichenden Grund für sein längeres Atemholen, Aktenschreiben und Reimesuchen zu finden. In einer unbeschreiblichen Stimmung, das heißt in einer seelischen und körperlichen Abspannung, die leichter als sonst irgend etwas in der Welt nachzufühlen sein wird, lag er da. Die Schicksale der Menschen um ihn her gingen ihren Lauf, sein eigenes Schicksal aber schien still zu stehen. Rundum war die Welt in lebhaftester Bewegung, und er hatte still zu sitzen oder vielmehr dazuliegen und alles, den Geschäftslärm der Firma Aldenberger und Kompagnie nicht ausgeschlossen, auf seine Nerven wirken zu lassen. Eine Nase von seinem Vorgesetzten, Geschäftsversäumnis betreffend, die er gestern abend nach seiner Heimkehr aus dem Walde auf seinem Tische fand, hatte das Siegel auf seine heutigen Zustände gedrückt; wenn wir sagen wollten, daß die Hölle in seinem Busen wüte, so würde dieses nur sehr wenig übertrieben sein.

»Und wie sitzt sie?« stöhnte er. »Sie haben sie zwischen sich auf dem Sofa, wenn sie sie nicht gar an den Locken durch den Salon hin, und herziehen! Ich male es mir! Schreien möchte ich da: *anch' io son pittore.* Und was ist das Monitum des alten Tribulationsrates, meines Herrn Chefs, gegen das, was Papa und Mama ihr anzuhören geben werden? Und das grinsende Scheusal, der Magerstedt, ist mir vorhin, als ich zur Table d'hôte mich schleppte, in der Gasse begegnet – uh, solchen Appetit wie den meinigen heute dürfte der Wirt im Deutschen Hause dreist und ehrlich allen seinen Tischgästen wünschen; – ein reicher Mann könnte er dabei werden. Und dieser Ein – siedler! Dieser Va – ter Konstantius! Unser Weg zu ihm war nichts als ein Holzweg. Er ein Anachoret? – Ein Anachronismus und weiter nichts ist er! – Und Rosa von Krippen war ebenfalls nur ein Erzeugnis des Kollegen, des Polizeiassessors, und seines schlechten Punsches.«

Er deckte von neuem beide Hände auf die Augen, und von neuem führte ihn seine fiebernde Phantasie in den Wald voll Abendsonne und Vogelsang. Er stand mit der Geliebten abermals an dem magischen Weiher und hörte von der hohlen Weide her das liebliche Kichern, und darüber überhörte er das Pochen an seiner Stubentür zum ersten Male.

Er überhörte es noch einmal.

»Wenn er wirklich noch, was ich aber nicht glaube, sein Versprechen hält und in die Stadt kommt, um mit dem Onkel Püterich, Papa und Mama und – seinem Bankier zu sprechen, so – kenne ich die Menschheit: *er zieht nicht wieder hinaus!* Dann steht seine Birkenhütte leer, und Ernesta und ich können –«

Zum dritten Male klopfte der Besucher nicht; er öffnete, ohne dazu eingeladen worden zu sein, und erschien auf der Schwelle, wie wir ihn im Hofe des Püterichs, Hofes sahen, ein ältlicher, glattrasierter, glatzköpfiger Herr von wohlwollend behaglicher Miene und Komplexion, der sich, den Stock unter dem Arme, mit dem weißen Sacktuch die schweißglänzende Stirn trocknete und freundlich fragte:

»Nicht wahr, da bin ich? Und ich komme hoffentlich immer noch recht und auch noch zur rechten Zeit?«

Überrascht von seinem Sofa aufspringend und alle Winkel seines Gedächtnisses mit möglichster Schnelligkeit, aber vergeblich durchstöbernd, stotterte der junge Mann, daß – er nicht *die* Ehre habe, um sodann die höfliche Frage dran zu knüpfen – mit wem er die Ehre habe?

Und Hut, Stock und Handschuhe ablegend, nannte sich der lächelnde Greis, indem er hinzufügte:

»So, wie ihr gestern mich fandet, konnte ich mich doch unmöglich vor einem anständigen Menschen sehen lassen.«

»Ernesta?!« rief Hilarion, als ob er schon seit Monaten mit ihr verheiratet sei und sie jetzt nur aus dem nächsten Gemache herbeirufe, damit sie außer allen übrigen auch sein augenblickliches Erstaunen und seine Erstarrung mit ihm teile.

»O Herr – mein verehrter – mein teuerster Herr, das ist in der Tat – ist es denn möglich? – eine Überraschung! – Bitte, nehmen Sie Platz – ich weiß nicht, wo mir der Kopf sieht – was würde, was wird mein armes Kind, meine Ernesta, dazu sagen?!«

»Dieses wollen wir den nächsten Stunden anheimstellen,« erwiderte ruhig der Vater Konstantius. »Wie mich deucht, werde ich jedenfalls dem guten Mädchen heute weniger abstoßend erscheinen als gestern. Gestern schien ich ihr, wie mir heute scheint, einen nicht ganz unbegründeten Schauder und Abscheu einzuflößen; heute war ich beim Schneider, Haarschneider und Zahnarzt. Doch lassen wir das fürs erste auf sich beruhen, und gehen wir jetzt – man sitzt nicht dreißig Jahre lang unbelehrt in der Einsamkeit! – gehen wir so rasch und sachgemäß als möglich zur Lösung aller vorliegenden Fragen und Verwickelungen vor. Was also die Nachtseite der Natur betrifft, so bitte ich um eine kurze Auskunft. Aus welcher Wand trat die von Ihnen erblickte Erscheinung hervor?«

»Aus welcher Wand, mein teurer Herr? Ich saß da, dort an meinem Schreibtisch in – in Kummer und Sorgen; da stand das weiße – zarte Bild, das heißt als ich aufgestanden war, das Fenster zu schließen, saß es da auf meinem Stuhle.«

Der Vater Konstantius besah den Stuhl und murmelte:

»Da? Ha!«

»Es ging auch nicht durch die Wand fort, es löste sich auf, ohne daß ich sagen kann, wie.«

Der Vater Konstantins murmelte etwas von Spektralanalyse und überflog mit lang ausgerecktem Halse die Papiere auf dem Arbeitstische des Assessors.

»Sie haben häufiger die Gabe, zwischen Ihren Akten allerlei Geister zu sehen, junger Freund?« fragte er dann. »Sie pflegen zu poetisieren – dann und wann?«

Hilarion konnte bei vorliegenden *corporibus delicti* die Tatsache nicht leugnen, gab sie aber nur vermittelst längerer Auseinandersetzung zu, während welcher der Vater Konstantius stumm und kopfschüttelnd an allen vier Wänden des Zimmers entlang ging und von Zeit zu Zeit mit dem Knöchel anpochte.

Als der Assessor mit seiner Schutzrede zu Ende war, war auch der Exeremit mit seiner Untersuchung fertig und äußerte sich seinerseits:

»Hohl klingt es überall, aber nirgends gespenstisch. Ich werde nicht klug daraus, höchstens klüger. Von Geist keine Spur! Statten wir, wenn Sie sich ganz wieder dem realen Leben gewachsen fühlen, dem Herrn Onkel Püterich einen Besuch ab.«

Zu sich selber gewendet, fügte er hinzu:

»Es war merkwürdig, ist merkwürdig und bleibt merkwürdig, wie nahe zusammen stets das alles wohnte und wohnt!«

Der Assessor, der dem Gebaren seines Gastes stumm und wie hülflos zugesehen hatte, fuhr fast erschrocken zurück, als der Alte, aus dem elegisch-melancholischen Ton seiner letzten Bemerkung in den vollkommenen Gegensatz fallend, ihn schnarrend anschnauzte:

»Nun, ich meine, Sie haben es eilig mit Ihrer Hochzeit? Oder wollen Sie mich etwa in Schlafrock und Pantoffeln zu meinem Freunde Püterich begleiten?«

»Zu dem Herrn Baron?« stammelte Hilarion. »Gewiß, gewiß! Aber ich glaubte – ich dachte, wir gingen zuerst –«

»Zu den Eltern der jungen Person? – Rasch in die Stiefeln, junger Mann! Ich glaube, Sie sind imstande, sich einzubilden, daß nur Sie allein in der Welt das Herz treibt? Aber Sie irren sich, – auch mich treibt das meinige, und ich wünsche jetzt vor allen Dingen dem Onkel Püterich meine Visite zu machen. Die Welt hat sich doch nicht im geringsten verändert während meiner Abwesenheit. O Innocentia! Wo nehmen wir heute abend nach abgewickelten Verwickelungen das Souper ein? Irgend etwas Gebratenem, einem guten Glas Wein, einem italienischen Salat und einer verständigen Bowle würde ich mich nicht ungern einmal wieder gegenüber finden.«

Für einen Einsiedler, der dreißig Jahre lang nichts als die schmalste Waldkost genossen hatte, sprach der Vater Konstantius sehr vernünftig. Daß ihm acht Tage hindurch ein Stück von einer Eichel im hohlen Backenzahn gesteckt hatte, merkte man ihm auch nicht mehr an, und – wie im Traume fuhr Hilarion in Rock und Stiefeln, wie im

Traum begleitete er seinen Anachoreten zu der Pforte des Barons Philibert Püterich, und wie im Traum vernahm er das augenblicklich letzte Wort des Klausners:

»Erwarten Sie uns drüben in der Konditorei; ein Viertelstündchen wünsche ich mit ihm allein zu sein.«

»Daß ich Rosa von Krippen erblickt habe, daß wir – die andere im Walde sahen, ist gar nichts!« ächzte der Assessor bei der Regierung Hilarion Abwarter, gänzlich gebrochen sich an dem Geländer der Treppe im Vordergebäude des Püterichshofes herniedertastend; – – – wir sagen: ob einem eine Putzmachermamsell oder die höchstselige Majestät von Dänemark, Hamlet der Erste, – Mamsell Rasmussen oder König Friedrich der Siebente erscheint, ist ganz einerlei. Es kommt immer nur darauf an, wie man sich zu den Erscheinungen in dieser Welt zu stellen weiß. – –

Wenn man nun hier und da in eine Dichtung hineingeht gleich wie in ein Naturalienkabinett oder eine Altertümersammlung und mit einem Gewirr von *mouches volantes* vor den Augen und einem intensiven Gefühl von Steifigkeit im Nacken wieder herauskommt, so ist in unserer Geschichte an dieser Stelle dem nicht so. Es ist nicht nur von Rechts wegen unsere Schuldigkeit, die Leser und Leserinnen zu ersuchen, mit dem Geliebten Ernestas drüben in der Konditorei zu warten, sondern wir dürfen sie auch dreist auffordern, mit dem Vater Konstantius bei dem Onkel Püterich einzutreten und dem erfreulichen Wiederfinden und Wiedersehen anzuwohnen. Wenn wir nicht ganz und gar eine Bürgschaft gegen ein geistiges Mückensehen übernehmen können, so liegt die Schuld nicht auf unserer Seite.

Der Vater Konstantius klopfte an, und der Onkel Püterich rief Herein. Der Vater Konstantius, in der Meinung, daß in der Ferne eine schlecht geölte Tür geknarrt habe, klopfte auch hier zum zweiten Male, und der Onkel Püterich rief wieder Herein.

»Ein sonderbares Organ!« sprach der Exeinsiedler und öffnete, um sich einem noch sonderbareren Anblicke gegenüber zu finden: dem Jugendfreunde in seinen alten Tagen nämlich.

Der Vater Konstantius ließ den Hut aus der Linken fallen, um sich mit beiden Händen auf den Stockknopf stützen zu können. Er faltete die Hände über diesem Stockknopf, schlug die Augen zur Decke empor und murmelte mit einem tief aus der Brust geholten Atemzuge:

»O du meine Güte – Pü – te – rich?!«

Der Onkel und Geisterseher im Flanell-Schafpelzschlafrock, Philibert nervös, der Baron Püterich mit Rosa von Krippen hinter seinem Lehnstuhl in der Wand, war in der Tat ein Spektakel, bei welchem man die eigene Güte und die des Himmels anrufen durfte.

»Du erinnerst dich meiner wohl nicht mehr, *mon cher*?« fragte der Waldbruder. »Da ich meinesteils längere Zeit gebraucht habe, um dich zu vergessen, so werde ich dir hierüber keinen Vorwurf machen. Mein Name ist –«

Er nannte den Namen, und der Baron, aus seinem Lehnstuhl emporschnellend, stieß einen quietschenden Laut aus, gleich einer gefangenen Fledermaus, und setzte sich wieder mit einem so gläsernen Blick auf den Besucher, daß dieser einen Schlagfluß, wenn nicht befürchtete, so doch recht wohl für möglich hielt.

Doch es kam anders!

Auch der Baron nannte nach einer Weile den richtigen Namen des Einsiedlers, den wir, wie gesagt, lieber nicht gebrauchen werden, und fügte hinzu:

»Was ist das nun wieder für eine neue Niederträchtigkeit? Hat man denn keinen Augenblick in seinem Leben für sich?! – Mein Herr, der Herr, für den Sie sich auszugeben die Frechheit haben, ist bereits vor zwanzig Jahren in türkischen Diensten als Diogenes-Bey zu Sinope an der Pest gestorben, und ich werde sofort nach der hiesigen Polizei schicken!«

»Püterich?!« sagte der Vater Konstantius, seinen Hut ruhig aufhebend und ihn samt seinem spanischen Rohr auf den Tisch legend. »Püterich?!« rief er, zog einen Stuhl an den Lehnstuhl des Barons, setzte sich gleichfalls, klopfte dem Jugendfreunde auf das magere Knie und sprach beruhigend:

»Püterich, die Gespenster kommen von Zeit zu Zeit doch auch bei Tage zum Vorschein. Püterich, Philibert, in einem fast dreißigjährigen Eremitenleben ist es mir gelungen, mich für dich mit zu fassen;

du wirst mich genau ansehen und nicht nach der Polizei schicken, sondern nach unserm beiderseitigen Freunde Magerstedt. Er wohnt ja hier in diesem Hause ein Stockwerk unter dir, und ich habe auch mit ihm ein Weniges zu verhandeln.«

»Auch der Schuft?!« ächzte der Onkel, und plötzlich, in aller Frische und Kraft der Wut und Verzweiflung aufhüpfend, krähte er: »Mir mag noch passieren, was da will, ich glaube an alles, aber auf nichts, nichts, nichts lasse ich mich mehr ein. Ich habe das Meinige genossen und bin wenigstens kein blöder Esel gewesen, und Sie, Herr, seien Sie, wer Sie wollen – tun Sie, was Sie wollen – rufen Sie, wen Sie wollen; mir ist alles gleichgültig, alles einerlei – ich bin und bleibe der, welcher ich war und welcher ich sein werde – mein Name ist Püterich, und jetzt seien Sie und heißen Sie meinetwegen, wie es Ihnen beliebt.«

»Bravo, Püterich! Bravissimo, alter, guter, lieber Freund!« schrillte es, als ob ein Rattenkönig menschliche Stimme und menschlichen Ausdruck erhalten habe, um seinen Beifall kund zu geben.

Da stand der Herr von Magerstedt gleichfalls im Zimmer, auch in weichen Pantoffeln und im Schlafrock, mit einer Mappe voll höchst bedenklich aussehender Papiere unter dem Arme.

»Ich nehme an, daß der Herr auch einer deiner verehrten Kreditoren ist, und lege mir deshalb keinen Zwang auf, bester Philibert. Du weißt, daß ich ein Mann der Ordnung war, bin und bleibe, und so habe ich mir bei unserem letzten Abschied überlegt, daß diese Stunde mir und dir die passendste sein werde, einmal freundschaftlich diese Dokumente zu überfliegen. Sie sind meistens alle von deiner Hand gezeichnet; wenn es dir also gefällig ist und du mich diesem Herrn bekannt gemacht hast, so können wir –«

Der Einsiedler hatte sich gesetzt; aber der Baron Philibert Püterich war aufgesprungen und sprang hin und her mit einer Behendigkeit und Bockfüßigkeit, die uns eine gehörige Dosis von Gift, Wut und Galle allen Ärzten der Welt als das beste Kordiale anempfehlen läßt. Er verlor den einen seiner pelzgefütterten Filzschuhe und er verlor den anderen. Die Mütze schleuderte er selber gegen die Decke, und mit einem Male auf den Vater Konstantius sich stürzend, ihn an den Schultern packend und schüttelnd, schrie er:

»Bitte, jetzt sieh ihn dir an! Ich glaube alles, was du mir vorgetragen hast, Mensch; aber sieh ihn dir an und bedenke, daß ich dreißig Jahre lang mit ihm wie – in einem Bett geschlafen habe; daß er meine Nichte heiraten will, daß mir Rosa – Rosa von Krippen – – uh, wenn dieses alte Haus, das Haus meiner Ahnen, ihm, ihr, mir und dir, Konstantius, über dem Kopfe zusammenfiele, so wäre vielleicht uns allen geholfen, mir aber jedenfalls! Es ist kein Lumpenstreich, zu dem mich der Kerl da nicht vermittelst seiner Mappe unter seinem Arme bringen kann, zu welchem er mich nicht gebracht hat. Mein Gemüt kennst du ja und weißt von Jugend auf, wie leicht sich mit mir verkehren läßt. O, wenn ich ihm nur über seine Mappe weg ein einziges Mal an die Gurgel könnte!«

»He, he, he,« kicherte Herr von Magerstedt.

Doch wir, fest uns im Gedächtnis haltend, daß Fräulein Rosa immer noch hinter der Tapete zwischen den Bettwanzen haftet und alles sieht und hört, was im Gemache vorgeht, wir wenden uns zu dem Vater Konstantius, dem Exeremiten.

Er hatte die Weste aufgeknöpft und saß am Tische, den Kopf mit der Hand stützend. Er hatte oft in seiner Waldhütte gesessen und nichts von dem Sturme draußen vor der Tür vernommen, doch nie so weltabgezogen, so nur mit sich selber beschäftigt wie jetzt, im lebendigsten Mittelpunkte der Stadt, die Freunde seiner Jugend neben sich, die liebliche Freundin hinter der Wandtapete.

Politik, Kunst, Wissenschaft, Staatsleben, Liebe, Freundschaft und Verwandtschaft?

»O Innocentia!« seufzte er, und dann dachte er an seinen Wald im Frühling mit *Pulmonaria officinalis*, *Hepatica nobilis*, *Anemone nemorosa*, sowie und vor allen anderen *Primula veris* in Blüte und Sonnenschein. Nicht mit der Spitze des kleinen Fingers tippte er sich, sondern mit der Faust klopfte er sich vor die Stirn, während die zwei Spukgestalten des Tages aufeinander einzeterten. Er sah sich am Winterabend, während die Kartoffeln in der Asche des niedergesunkenen Kaminfeuers brieten, mit – Oppermann im traulichen Verkehr und – – griff nach seinem Hut und Stock.

»Mit diesem Gesindel soll ich mich noch einmal herumschlagen?« murmelte er. »Nicht um die Glorie aller drei schlesischen Kriege, nicht um den ganzen Ruhm des alten Fritz!« schrie er und hieb dabei mit solchem Ingrimm auf den Tisch, daß des Barons Teegeschirr (er trank Kamillentee) hinunterhüpfte, daß der Baron selber sich statt auf das Sofa daneben auf den Teppich setzte und der Herr von Magerstedt seine Dokumentenmappe zur Erde fallen ließ. »Lassen Sie sich von dem da sagen, wer ich bin, Magerstedt! Ob Sie mich dann auch zu Ihren Gläubigern zählen werden, ist mir ganz gleichgültig. Machen Sie Ihre Geschäfte ruhig weiter unter sich ab, zu den meinigen habe ich Sie nicht weiter nötig. Ich empfehle mich.« Er empfahl sich in der Tat durch diese Art Abschied zu nehmen mehr als durch irgend etwas anderes, was er im Verlaufe dieser Historia sagte oder tat. Aus der Wand hervor drang ein schwirrender, zirpender Ton; aber der liebe Himmel bewahre jedermann vor einem derartigen Heimchen am häuslichen Herde.

»O, werde du mir nur erst ganz zum Geist, Philibert!« kicherte Rosa hinter der Tapete; – ja, sie kicherte diesmal auch, jedoch auf eine ganz andere Weise als der holdselige Spuk im Walde.

Der Einsiedler ging bereits die Treppe hinunter, als der Freund Magerstedt an den Onkel Püterich sehr verblüfft die Frage stellte:

»Werde ich es vielleicht erfahren, wer dieser rohe Patron mit dieser so ungemein gesunden Lunge und plebejerhaften Faust war?«

Der Onkel nannte kaum vernehmbar den Namen, und der Herr von Magerstedt nahm Platz in dem Lehnstuhle seines Freundes, ohne fürs erste imstande zu sein, seine Schuldverschreibungen auf dem Fußboden zusammenzulesen. In dem Augenblicke jedoch, als der Vater Konstantius drüben jenseits der Gasse die Tür der Konditorei aufdrückte, hatte er sich bereits wieder gefaßt und sprach:

»Kennst du das Trauerspiel Herzog Theodor von Gothland vom Auditeur Grabbe in Detmold, Püterich?«

Der Onkel mußte es verneinen.

»Nun, du warst immer ein unliterarischer sensueller Bursche, Philibert; während ich stets meine höchsten Genüsse in Ästheticis suchte und fand. Nun sieh, in jener anmutigen Tragödie schleppt der Herzog seinen Todfeind, den Mohren Berdoa, in eine düstere grausenvolle Höhle mit den aufmunternd traulichen Worten:

– – – – – Von keinem Fuß
Wird sie betreten, und ununterbrochen ist's
In ihren Räumen stille wie ein Grab! Dort
Sind wir allein! Dort will ich dich morden!

Püterich, hier in deiner Höhle sind wir jetzt auch allein, hier will
ich dich morden. Die kleine Piepenschniederin kriege ich weder auf
deinen noch meinen Kredit mehr. Zwanzig Jahre lang hast du auf
meine Kosten gelebt, und heute befinden sich meine Finanzen in
einer ebenso totalen Auflösung wie die deinigen. Die Sonne sinkt,

An deinem ganzen Körper sehe ich
Kein einziges Glied, das mich nicht schwer
Beleidigt hätte; schmeichle dir nicht, daß
Du eher stirbst, als bis ein jegliches
Die Schuld gebüßt hat; –

nimm Platz und laß uns abrechnen. Mensch, du kannst dich gar
nicht setzen, ohne daß ich mir wütend sage, daß ich allein es bin,
der die Fähigkeit dazu diese ganzen Jahre hindurch an dir weiter
gefüttert hat! He, he, und solch ein Zusammentreffen – stoßen wie
da eben, soll einen wohl gar noch milde stimmen? O ja, *Der* fehlte
mir auch gerade noch zum heutigen Abend und – zum – Abend –
unseres – Lebens – mein guter Püterich! Sonst aber mag er sich doch
ja nicht einbilden, daß er überhaupt noch für mich existiert!«

Zwölftes Kapitel.

Die in ihrem süßen Fach doch an manche schöne Leistung gewöhnte junge Dame hinter dem Büfett hatte eine solche wie die des Assessors Hilarion innerhalb der halben Stunde seines Aufenthalts in ihrem Lokal nie erlebt.

Selbst sie, die den großartigsten Kuchenesserinnen und Pasteten- und Likörkonsumisten der Stadt ruhig zu, sah, sagte sich mit immer steigendem Erstaunen:

»Wenn dies aber gut geht, so will ich es loben!«

Nie hatte ein aufgeregter Verliebter in der Angst und Qual seiner Seele derartig in Süßigkeiten gewütet, wie jetzt unser junger Freund. Zucker, Schlagsahne und Obstsäfte flossen ihm um Lippen und Kinn; alles, was ihm in die Hand fiel, schien ihm recht zu kommen. Eine Säule abgeleerter Kristallteller und Tellerchen türmte sich auf dem Seitentischchen neben seinem Ellbogen auf, und mit einer Atemnot ringend, setzte er einen Maraschino auf einen Rosoglio, und nicht bloß das, sondern im steten Wechsel gelangte er gänzlich unzurechnungsfähig von *Plaisir des dames* über *Parfait amour* zu *Lait de vieillesse*, als ob nie etwas Natürlicheres für ihn je einem Wiesen- oder Waldborn entsprudelt sei.

Dabei behielt er natürlich stieren Blickes durch die Glastür des Konditors die hohe gewölbte Pforte des Püterichshofes drüben mit zwei altersschwachen bärbeißigen Karyatiden fortwährend im Auge.

»Hier soll ich auf ihn – sie – wen – warten? Es ist ein Fegefeuer – eine Hölle!« stöhnte er und schlang und schlürfte halb bewußtlos weiter.

»Wenn er noch eine Mama – wenn er eine Braut hat, so kann er es eigentlich nicht verantworten!« flüsterte das Fräulein hinter ihren Glasglocken, jetzt vollständig ängstlich die Hände auf ihrem weißen Schürzchen zusammenlegend. »So bange hat mir noch keine Kunde gemacht; – – oh – da, hab' ich es mir nicht gedacht?! Da haben wir es schon!«

Es hatte wohl so ungefähr den Anschein. Bleich, an einer letzten Pastete würgend und ein Stück Obstkuchen in der Hand, hatte sich der Assessor plötzlich in dem roten Samtsessel zurückgelehnt. Er sah den Vater Konstantius vom Püterichshofe her über die Gasse stürzen und zwar allein.

»Wie ich es mir gedacht habe!« stöhnte er. »Es war noch ein Strohhalm der Hoffnung, daß er etwas bei dem alten Ungeheuer, dem – Onkel – Philibert ausrichte, aber da bricht auch er. O, er kannte eben den Onkel Püterich und seinen Freund Magerstedt nicht!«

Aber in den Konditorladen stürzend, schrie der Einsiedler:

»Sind Sie noch da, Abwarter? – Einen Moment! – Fräulein, einen Absynth! – Noch einen – und – noch einen! – Ah, oh! Ah, das war die letzte Rettung, Hilarion, mein Sohn! Die ganze Seele wollte durch die Kehle! So – ah! – O mein Sohn, mein Sohn, ich hatte in der Tat völlig vergessen, wie es in der Welt aussieht, und wie die Menschen drin aussehen; aber jetzt weiß ich es wieder – gottlob! Geben Sie mir einen Stuhl, Fräulein, und geben Sie mir – noch einen Wermut!«

Er setzte sich, und Hilarion stierte ihn an und wagte es erst nach einer geraumen Weile zu stammeln:

»Und Ernesta?«

Der Vater Konstantius stierte ihn seinerseits an, rieb sich dann die Stirn, schnauzte sich und sprach gedehnt:

»Ernesta? – Ja so! Hm, ei – ei freilich. Die hatte ich meinerseits eben auch ganz aus dem Gedächtnisse verloren.«

»Aber ich nicht! Ich, ich, ich, ich nicht!« rief der Jüngling außer sich vor Schmerz, Verdruß, Wehmut und sonstigem Unbehagen. »Es ist keine Sekunde, in welcher sie mir nicht in ihrem Elend vor Augen sieht, und jetzt wird es wiederum bald Nacht, und wiederum ist sie hülflos allen Insinnationen von Papa und Mama und allem eigenen Jammer um mich und sich anheimgegeben. Und nun kommen Sie, mein Herr, der Sie behaupteten, dreißig Jahre lang einer unglücklichen Liebe wegen in der Wildnis gesessen zu haben, der Sie mich hier eben noch eine Stunde lang auf den Folterstuhl spannten, und haben nicht einmal an mich und mein armes Mädchen gedacht!?«

»Vergessen hab' ich euch nur auf einen Moment,« brummte der Waldbruder. »Unglückliche Liebe? Ach was, dummes Zeug! Dreißig Jahre lang habe ich in Frieden gelebt und die ganze Welt vergessen! Verlange nicht zu viel von einem sterblichen Menschen, mein Sohn Hilarion! Übrigens haben wir noch zu allem Zeit. Für einen ersten Besuch bei anständigen Leuten ist zwar die Stunde ein wenig vorgerückt; allein ich bin ein Mensch des Ausnahmezustandes, und du, mein Kind, befindest dich wenigstens augenblicklich in einem ähnlichen Zustande. Was kümmert uns der Onkel Püterich? Gib mir deinen Arm und laß uns nach der Villa Piepenschnieder fahren. Meinetwegen!«

Der Assessor zahlte in fliegender Hast; der Einsiedler sehr bedächtig. Was aber den Konsum Hilarions anbetraf, so machte es der jungen Dame hinter dem Ladentisch einige Mühe, die Posten zusammenzurechnen, und der Vater Konstantius meinte nachher in der Gasse mit einem gleichfalls höchst besorglichen Blick erst auf die Konfitüren im Schaufenster und dann auf den jungen Freund:

»Mein Sohn, wir wollen lieber nicht fahren, sondern gehen. Ein längerer Fußweg wird Ihnen wahrscheinlich sehr wohl tun.«

Und sie gingen; – der Alte diesmal weniger mit der Harfe als mit dem spanischen Rohr; trotz aller Seelenunruhe und Körperanstrengung des Tages aber strack und helläugig; der Junge diesmal durchaus nicht frisch und blühend, wohl aber wie gebeugt unter der Last eines imaginären Leierkastens und dazu zwar mit viel Musik in sich selber, aber einer höchst lugubren und unheimlichen Trauermusik.

So durchkreuzten sie einen bedeutenden Teil der Stadt und gelangten wiederum auf die volkswimmelnde Promenade.

»O, vermöchtest du es doch, dich wenigstens teilweise in meine Gefühle und Stimmungen zu versetzen!« rief der Vater Konstantius. »Es würde dich sicherlich zerstreuen. Ich bitte dich um Gotteswillen, mein Kind, wandele ich hier nicht als ein lebendiges Kompendium aller Philosophie der Welt dir zur Seite? – Hm, ist das nicht Sankt Jocosi Kirchhof, Hilarion?«

Er war stehen geblieben und deutete mit seinem Stabe auf ein hohes schwarzes Gitter.

»Er ist es,« seufzte der Assessor; »man läßt ihn jedoch seit einigen Jahren eingehen.«

»Hm,« murmelte der Vater Konstantius, »treten wir einen Augenblick ein.«

»Mein verehrtester Herr, ich fühle mich –«

»Sei still! Ich weiß, wie du dich fühlst. Ich habe mich zu seiner Zeit ähnlich, ja vielleicht wohl noch tiefer empfunden als du dich jetzt. Auch ich war eine sensitive Natur und klappte meine Blütenblätter bei der leisesten Berührung von außen sofort zusammen. O Innocentia! o Rosa von Krippen! o Püterich, Püterich, Püterich! Komm herein, Hilarion, vielleicht kann ich dir noch zeigen, wo man sie zur ewigen Ruße niedergelegt hat – wenn du mir auch dann noch dein Ehrenwort darauf gibst, daß du immer noch an deine Halluzinationen sowohl in deinem Junggesellenstübchen wie auch am Weiher in meinem Walde glaubst, so will ich dir auch glauben! Was Leben? Was Tod? – Vielleicht finden wir auch zwei Steine mit den Namen Magerstedt und Püterich; und dann habe auch ich mich heute nachmittag im Püterichshofe geirrt und der Welt Scheinbilder für ihre Wesenheit genommen. Nachher haben wir ja wohl kaum noch fünfhundert Schritte zu dem Dache deiner Geliebten oder vielmehr dem Besitztum ihrer Eltern?«

»Mir ist sehr weh zumute!« stöhnte der Assessor, aber der Einsiedler versicherte nicht von neuem, daß er ihm das auch ohne sein Wort glaube. Er zog ihn mit sich hinein in die düstere Pforte und dann suchten sie.

Sie suchten lange zwischen den Leuten, die man bereits vor dreißig Jahren hier begraben hatte, und die Dämmerung half ihnen durchaus nicht dabei. Endlich wies sie ein alter Nachbar des Friedhofes von einem Neubau aus über die Hecke zu dem rechten Jahrgang, und der Vater Konstantius fand, was er gesucht hatte.

Eine geraume Zeitlang sagte er gar nichts; dann aber sprach er:

»Nenne es, wie du willst, junger Mensch – nenne es eine Herzensroheit sondergleichen; aber ich werde mich, ich kann mich nicht zu

Boden legen wie gestern, als du mir den Gruß von diesem Platze her ausrichtetest. Wir wissen nichts, und was wir erfahren, fühlen und empfinden, hat uns bis jetzt noch nicht klüger gemacht. Du siehst nach der Uhr? Du siehst immer ungeduldiger nach der Uhr? So komm, du Träumer im Traum der Welt – wecken kann ich dich nicht, so wenig, als du vor dreißig Jahren mich geweckt haben würdest. – Wirf, da die Reihe an dir ist!«

Nach einem Dauertrab von fünf Minuten standen sie richtig am Tor der Villa Piepenschnieder und schöpften Atem. Dann zog der Vater Konstantius die Glocke, und es dauerte eine ziemliche Weile, ehe durch die warme Abenddämmerung einer der Diener heranschlenderte, um sich nach ihren Wünschen zu erkundigen.

»Der Herr Kommerzienrat zu sprechen, Jean?« fragte Hilarion unendlich höflich und suchte vergeblich sein Herzklopfen dadurch zu bändigen, daß er die Hand auf die bewegte keuchende Brust drückte.

»Bedaure, Herr Assessor. Der Herr, die gnädige Frau und das Fräulein sind gerade vor einer Viertelstunde zum Herrn von Erbacher gefahren –«

»Fräulein – Fräulein Ernesta auch?« stammelte Hilarion.

»Fräulein auch,« versicherte der Diener ruhig. »Die Herrschaften haben sich von unserer Herrschaft die Ehre ausgebeten, zu einem Gartenfest und Geburtstagsfest des jungen Herrn und zum Quartett im Freien.«

»Siehst du, mein Sohn!« sprach der Eremit. »Morgen ist sie die Deinige oder – du bist der Meinige.«

»Ich würde mein Herzblut darum geben, wenn ich jetzt drei Worte mit ihr reden könnte!« krächzte der Assessor, die Hände ringend.

»Der Herr von Erbacher ist zwar auch mein Bankier und Vermögensverwalter, wir würden sicherlich ihm bei seinem Gartenfest, Geburtstagsfest und Quartett höchlichst willkommen sein, allein, mein Kind, ich meine doch, wir rufen ruhig die erste Droschke an und fahren zurück nach dem Püterichshofe. Dem Wunsch erscheint mir töricht: erhalten wir uns unsere Illusionen so, lange als möglich! Gib deine Karte ab, Hilarion, und notiere meinen Namen mit Bleistift darauf; – – und nun laß uns gehen; ich schlafe diese Nacht auf deinem Sofa. Vielleicht erscheint auch mir dein Geist noch einmal, um mir ein wenig deutlicher mitzuteilen, weshalb eigentlich er dich und dein Liebchen gestern zu mir in den Wald schickte.«

In der letzteren Hoffnung irrte er sich. Sie gelangten erst gegen zehn Uhr nach Hause, und gegen halb zehn Uhr bereits hatte sich in dem Gemache des Onkels Püterich, gerade als der Herr von Magerstedt dem Baron ganz programmäßig moralisch auf der Seele kniete und körperlich ohne alle Moral ihn vollständig gerädert hatte, ein höchst wunderbarer Duft verbreitet.

Es roch da auf einmal ganz merkwürdig nach Lilien, und Freund Magerstedt sog den Geruch ein, ohne sich im geringsten erklären zu können, woher er komme. Er hatte keine Ahnung davon, daß Rosa von Krippen in diesem Duft ihre Erlösung fand.

»Von dir geht er nicht aus, Püterich!« sprach er. »Auf meine Rechnung hin siehst du nicht mehr im guten Gerüche!« schrie er. »Aus und zu Ende ist es damit!« schrie er gellend. – –

»Gütiger Himmel, ein Stiefelknecht! Wie hätte ich es mir gestern vorstellen können, daß ich mich doch noch einmal eines Stiefelknechtes bedienen würde?« lallte der Vater Konstantius auf dem Sofa seines jungen Freundes. »Ah, aber ich setze ihn dafür auch zu meinem Erben ein.«

Es ist ein Glück, daß wir wissen, wen er meinte; aus seinen schlaftrunkenen Worten ging's nicht klar hervor.

»Er soll heiraten, wen er will. Auch sein allerliebstes, rares, nettes Piepenschniederchen! – Ah, oh, so häufig sind die großen Sünderinnen und die überschwenglichen Engel in dieser Alltagswelt nicht, daß auf jeden braven Tropf eine fällt, um das Herz für ihn zu brechen. Ja, er soll heiraten, und ich – werde Gevatter stehen: so summt das Lied und das Leben weiter, und der Wald, der Püterichshof und Sankt Jocosi Kirchhof halten's nicht auf.«

Aus der Kammer nebenan und von dem Lager des Assessors klang fortwährend schweres Geseufze und angstvolles Gestöhn her.

»Das arme Kind!« seufzte auch der Eremit, sich noch einmal auf dem Ellbogen emporrichtend. »Es hat sich gründlich den Magen verdorben.«

Fünf Minuten später schlief er sanft und ruhig, wie eben nur ein Einsiedler, der dreißig Jahre lang in der Wildnis und Einöde nicht nur sein Gewissen, sondern auch seine Konstitution im guten Zustande erhielt, zu schlafen vermag, selbst wenn es seinem Nebenmenschen nebenan schlecht geht und es demselben herzlich übel zu Sinne ist.

Aber einen Traum hatte er doch gegen Morgen, als die Sonne aufging.

Er befand sich im Walde, in seinem Walde, und stand in der Morgensonne an dem Weiher und lauschte nach der alten hohlen Weide hinüber.

»Es soll mich doch wundern, ob ich nicht auch zu Gesichte bekomme, was sich dem jungen Volk auf seinem Wege zu mir kund gab und mich grüßen ließ,« brummte er; und dann lachte die ganze schöne Wildnis und da, zwischen klang ein lieblich Gekicher:

»Ach, Konstantius, wenn das eine Strafe sein sollte, so habe ich sie mit Vergnügen getragen. Himmlisch habe ich mich diese dreißig Jahre hindurch unterhalten vor deiner Tür. Du warst zu drollig, *mio caro*; doch nun – lebe wohl! Du bist immer ein Gelehrter gewesen, also wird es dich freuen, wenn ich dir sage: der Vater Tausendkünstler, der alte Proteus, ruft, und Psamothe, mein Mütterchen, wird ungeduldig. Nun tanzen wir wieder zwischen Rhodus und Kreta, auf den lichten Wassern vielgestaltig, ewig uns wandelnd, dem Papa beim Robbenhüten helfend. *Addio, Constantio!*«

Und er sah eine liebe lichte Gestalt im Morgenglanze sich verflüchtigen. Er sah eine zierliche Hand, die ihm eine gelbe Rose an die Nase warf, und er griff nach dieser Rose, faßte seine Nase und erwachte.

Wir aber erwachen gleichfalls; der alte Proteus entschlüpft wieder einmal unseren haltenden Armen: er behält nur zu gern all sein Wissen des Vergangenen, Gegenwärtigen und Zukünftigen für sich allein.

Über tredition

Eigenes Buch veröffentlichen

tredition wurde 2006 in Hamburg gegründet und hat seither mehrere tausend Buchtitel veröffentlicht. Autoren veröffentlichen in wenigen leichten Schritten gedruckte Bücher, e-Books und audio-Books. tredition hat das Ziel, die beste und fairste Veröffentlichungsmöglichkeit für Autoren zu bieten.

tredition wurde mit der Erkenntnis gegründet, dass nur etwa jedes 200. bei Verlagen eingereichte Manuskript veröffentlicht wird. Dabei hat jedes Buch seinen Markt, also seine Leser. tredition sorgt dafür, dass für jedes Buch die Leserschaft auch erreicht wird.

Im einzigartigen Literatur-Netzwerk von tredition bieten zahlreiche Literatur-Partner (das sind Lektoren, Übersetzer, Hörbuchsprecher und Illustratoren) ihre Dienstleistung an, um Manuskripte zu verbessern oder die Vielfalt zu erhöhen. Autoren vereinbaren direkt mit den Literatur-Partnern die Konditionen ihrer Zusammenarbeit und partizipieren gemeinsam am Erfolg des Buches.

Das gesamte Verlagsprogramm von tredition ist bei allen stationären Buchhandlungen und Online-Buchhändlern wie z. B. Amazon erhältlich. e-Books stehen bei den führenden Online-Portalen (z. B. iBookstore von Apple oder Kindle von Amazon) zum Verkauf.

Einfach leicht ein Buch veröffentlichen: **www.tredition.de**

Eigene Buchreihe oder eigenen Verlag gründen

Seit 2009 bietet tredition sein Verlagskonzept auch als sogenanntes "White-Label" an. Das bedeutet, dass andere Unternehmen, Institutionen und Personen risikofrei und unkompliziert selbst zum Herausgeber von Büchern und Buchreihen unter eigener Marke werden können. tredition übernimmt dabei das komplette Herstellungs- und Distributionsrisiko.

Zahlreiche Zeitschriften-, Zeitungs- und Buchverlage, Universitäten, Forschungseinrichtungen u.v.m. nutzen diese Dienstleistung von tredition, um unter eigener Marke ohne Risiko Bücher zu verlegen.

Alle Informationen im Internet: **www.tredition.de/fuer-verlage**

tredition wurde mit mehreren Innovationspreisen ausgezeichnet, u. a. mit dem Webfuture Award und dem Innovationspreis der Buch Digitale.

tredition ist Mitglied im Börsenverein des Deutschen Buchhandels.

Dieses Werk elektronisch lesen

Dieses Werk ist Teil der Gutenberg-DE Edition DVD. Diese enthält das komplette Archiv des Projekt Gutenberg-DE. Die DVD ist im Internet erhältlich auf **http://gutenbergshop.abc.de**